JN107780

立川こしら

〝まくら〟で知る落語家の華麗なるＩＴライフ

竹書房

編集部よりのおことわり

◆本書は立川こしらの落語口演のまくらを書籍にするにあたり、文章としての読みやすさを考慮して、全編にわたり新たに加筆修正いたしました。

◆本書に登場する実在の人物名・団体名については、一部を編集部の責任において修正しております。予めご了承ください。

◆本書の中で使用される言葉の中には、今日の人権擁護の見地に照らして不当・不適切と思われる語句や表現が用いられている箇所がございますが、差別を助長する意図をもって使用された表現ではないこと、また、古典落語の演者である立川こしらの世界観及び伝統芸能のオリジナル性を活写する上で、これらの言葉の使用は認めざるをえなかったことを鑑みて、一部を編集部の責任において改めるにとどめております。

◆ＩＴのビジネス及び技術革新は日進月歩ですので、本書に記されているＩＴ関連の状況は、口述当時のものです。最新の状況と異なりますことを、予めご了承ください。

まえがき

2023年3月5日　内幸町ホール『こしらの集い』にて公開口述

この本は、面白いんですよ。

何が面白いっていうのは、この本のページをめくるでしょう。1ページごとに笑いに溢れているんです。これなぜか？　実際に笑いが起こったエピソードを文章にしているから、頭の中で作られた文章ではないんですよ。実際にお客さんの前で喋って、お客さんの笑いという反応を、文字としたのがこの本です。

作家の皆さんは、違うアプローチですよね。作家の方が書いた文章を朗読し、発表し、聴衆の皆様に感想をもらって執筆していますか？

違うんです、本書は（笑）。一度お客さんに投げかけて、皆が面白いと思ったエピソードのみで構成されている筈です。

落語家の中ではＩＴを駆使して暮らしているボクのエピソードが収録されています。ところが、この本のタイトルを見てください。『落語家の華麗なるＩＴライフ』、……ＩＴって1年で相当変わりますよ。何年も前に自分が考えて、自分が触れていた技術のことを喋っている本が、今頃出版される。これ、何の価値があるんだ？　情報が古いってことじゃないですか？

実はね、本の価値って、ここなんです。最先端のものを知りたかったら、それこそネットで拾えます。ネットニュースが一番早いです。でも本っていうのは、振り返って読むことが出来るわけですよね。1年前の自分は、どういう技術に対して、どういうアプローチをしていたんだろう。2年前は、どういうアプローチをしていたんだろう？　そして、今を生きている。で、答え合わせが出来ちゃう。

今、最新のものを書いたら、その答え合わせは数年後になる。その頃には、本で読んだことなんか忘れちゃっているじゃないですか、このちょっと古いことを書くということで、今の時代と答え合わせが出来る。この本に書かれていることが、どれだけ正しくて、どれだけ間違っているのかを、皆さんが検証出来る。それが、この本の面白いところの一つなんですよ。

……実は、この本、ボクは1文字も書いてないんですね。

約4年分の独演会の録音データを渡して、編集してもらっています。自分が喋ったことなんか、忘れてしまっている。また、ボクは著者による校閲校正もしません。つまり、一度も目を通さないで本書を出版しようとしています。なので、著者のボクが一番楽しみにしています。「うわぁ〜、どんなことが書いてあるんだろう?」って、発売日になったら書店さんで買おうと思っています。
著者が読者と、ここまで心を合わせられるのも、凄いことだと思いませんか?

立川こしら

目次

ネットさえあれば、無敵

２０１７年３月11日　渋谷らくご『王子の狐』のまくら

【まくらの前説】

柳亭小痴楽……　２００５年、16歳で落語家に入門。五代目柳亭痴楽は実父。２０１９年、真打昇進。

鈴々舎馬るこ……　落語協会所属の落語家。２００３年、五代目鈴々舎馬風に入門。２０１７年、真打に昇進。２０２１年12月、立川こしらがプロデュースするご当地落語「芦ノ牧温泉」に参加。

クラウドファンディング……　群衆と資金調達を組み合わせた造語。クラウドファンディングとは、インターネットのサイトでやりたいことを発表し、賛同してくれた人から広く資金を集める仕組み。

ポケモンＧＯ……　スマホの位置情報を活用することにより、現実世界そのものを舞台としてプレイするゲーム。ふしぎな生き物「ポケットモンスター」を捕まえたり、バトルさせて遊び、社会現象にもなるほどのブームとなった。

三蓋松……　〝丸に左三蓋松〟は、立川流の定紋である。

（羽織袴姿で登場）いっぱいのお運びで厚く御礼を申し上げます。出てまいりました、わたくし立川こしらと申しまして、先ほどまで楽屋で（柳亭）小痴楽さんと二人だったんですね。小痴楽さん、わたしが上がる寸前ですよ。

「ちょっと写真撮っていいですか？」（笑）

「……ああ、別にいいよ」

カシャッと撮って、

「アッハッハッハ、成人式みたい」

「なんだ！　この野郎、おまえ（爆笑・拍手）！　人が羽織着たら成人式って、なんだよ！」

みたいなね、ことがありました。わたし、初めて羽織を着てみました（拍手）。ありがとうございます。なかなか、滅多にないことなんですよ。

これは何故かというと、理由があるんですね。皆さんは、今日、この1回前、昼の部の渋谷らくごを観て、また夜もなんて方もいらっしゃるかも知れないですけれども、落語界はねぇ、今日の昼間ですよ。一大イベントがあったんですね。何かというと、『鈴々舎馬るこ真打昇進記念パーティー』（笑）。……ねぇ（拍手）。ああ、ありがとうございます。これ誰に向けての拍手なのか、いまいち分からないですけれどもね（爆笑）、一応、ボクがいただいておきますからね、エッへへェ。

馬るこさんの真打披露パーティーですよ。そこに、ボク、ちょっとお金の匂いを感じましてね（爆笑）。「これはイケるぞ」ってね。馬るこさん昇進記念のお祝い枡（ます）を作りましょうっていう、クラウドファンディングを立ち上げたんですよ。……あんまりついて来れないですか？　こういう話（爆笑）。いや、もう、シブラクで無理ならどこで話しても無理ですよね（爆笑）？

え〜、やはり落語家というものは、いろんなことにアンテナをはってなきゃいけないです。今、流行っているのは何ですか？　そう、『ポケモン　ＧＯ』ですね（笑）。凄い流行り方していますよ、ええ。もう、猫も杓子も『ポケモンGO』ですよ。この『ポケモンGO』、日本に居ただけでは全部集めることは出来ないわけです。なぜかといいますと、地域限定のポケモンというのが居るわけですよ。日本だったら、カモネギというモンスターが出るんですが、これはアジア限定。GPSを使ったゲームですからね、その地域、その地域によって出るモンスターが変わってきたりするわけなんです。川沿いだったら水系のモンスター、山のほうへ行ったら、草だとかね、炎だとか、そういう風にちょっとずつ、このポケモンという……、興味ねぇなぁ（爆笑・拍手）！　端から興味ないですね？　今ねぇ？　アッハッハッハ、これどうします？　オーディション番組だったら、もう×付けられてますね、（ボタンを連打する所作）こうやってね（爆笑）。「降りろ！」みたいになっていますけれども……。

　これでね、日本に居たら全部集まらないわけですね。地域限定といいますからね、しかもこれ、全世界で出来るゲームなんです。ですから、その国に行かないと獲れないモンスターが居るんですよ。オーストラリア、ヨーロッパ、北米、この3地域は、3地域それぞれで出るものがある。それとプラスアジアってのがあるんです。日本はアジアですから、日本でアジアの地域限定のポケモンは、十分獲ることが出来るわけです。他の3地域、じゃぁ、どうするか？　集めに行くしかないでしょう（……笑）。

　それでね、ボクはネットの力を信じてですよ、

「オーストラリア、ヨーロッパ、北米で落語会を開いてくれる人いませんか？」

って、呼びかけたんですね。その結果、先月、オーストラリア公演が決まりまして、オーストラリアで落語を演りつつ、ポケモンを集める（笑）。裏テーマですからね、落語のほうが（笑）。本来はポケモンを

集めに行くのが目的ですからね。来週ですね、バルセロナで落語会を演りながらポケモンを集めに行く（笑）。来月はヒューストンね、ポケモンやりながら落語会を演りに行く。そんなことがあったりするわけなんですけれども、だから、ボクのメインはポケモンなんですよ。落語会なんぞ、演らなくてもいいわけですよ、本来ならば（笑）。でも、少なくともね、立川流の真打ですよ。家紋の三蓋松を背負って、……その真打がね、ポケモンをやりに海外に行きました？　笑われるでしょう（笑）。だから、落語会を演らなくちゃいけないと思って、……向こうのコーディネーターの人も必死に探したんですよ。

オーストラリア、皆さん、行ったことがあります？　オーストラリアに行ったという人（挙手の所作）？　……いるんですね（笑）？（お客様を指さして）何しに行ったんですか？　……そうです、……新婚旅行（爆笑）！　新婚旅行でオーストラリアに行ったんですか？（嫌みな口調で）へぇ〜、楽しかったですか？　ああ、良かった（爆笑）。良かったですよ、楽しいならば、アッハッハッハ。風評被害ですよね、これねぇ（爆笑）。アッハッハッハ、指さされて、「新婚旅行」って言ったら、バカにされるってね、意味が分からないですけれどもね。

わたし、海外がともかく好きじゃないんですよ（笑）。そもそもねぇ、旅行が嫌なんですよ。なんかねぇ、……今日もたくさんいるんじゃない？「趣味は旅行です」みたいな。「年1回海外に行くのが楽しみです」とか、「それしか楽しみねぇのかよ」と思うわけですよ（爆笑）。「おめぇらポケモンやってねぇから、そんな人生になるんだよ」と、思ってね（爆笑・拍手）。どっちか上か下かは別としてね。とにかく嫌なんですよ。ほら、落語家だからちょっと地方で会をやったりするわけですよ。そうするとその地域に、他の落語家なんかも来ているんですよね。みんな、ヨイショでしょうね、きっと、「ここのこれが、美味しいですね」だとか、なんか風光明媚なところに連れて行かれて、「ああ、こんなキレイなところ初めてです」とか、そういうヨイショをするんですよ、他の落語家は。ボクは行きたくないの、そういうところへ（笑）。もう、ホテルと会場の往復だけでいいのに、なんか案内しようとするんですよ（笑）。なんか、

「ここは、ナントカ様が住んでいた城ですから、こしら師匠、是非……」

　とか、で、行ったら、あれよ、石垣しかないのよ、城なんかなくて。どうヨイショするの？　これを。みたいな……。

「……あぁん、凄いですね」

　って、言うより……、だからもう嫌なんですよ。観光とか。で、グーグルのマップで見ればさぁ（……笑）、全部見れるじゃん。写真だってそうですよ。「ナイアガラの滝に行ってきました」って、壮大な写真がネットに出て来るわけですよ。マイナスイオンだったら、プラズマクラスターでいいわけじゃないですか（爆笑・拍手）？　だから、そういうのが全部嫌なんです。その土地のモノを食べるとか絶対に不味いんだから、そんなもの（笑）。もう、松屋が一番美味しいですよ（笑）。もう、どこ行っても同じ味だし、だから、「嫌だなぁ」と思っていて、もう観光は絶対にしたくないです。オーストラリアは、観光はしたくないですからね。だから、本当に、「落語会とポケモンが出来ればいいです」って思って、行くわけですよね。海外、ほぼ初めてですよ。行くのも嫌いだから、……海外が。何が楽しい？　（さっきのお客様を指さして）何が楽しかったんですか（爆笑）？　新婚旅行。楽しい思い出があるそうですけれども。ね

え？　言葉は通じないしさぁ。ああ、もう、全部嫌ですよ（笑）。

　で、日本を出るわけですよ。成田ですよ。成田なんて、千葉のクソ田舎ですからね、あんなの（爆笑）。あれを国際空港っていうのが、先ず間違っているわけですよ。千葉に降り立っているんですからね。日本に来る最初に外国人が。あんなところに着くんですよ、醤油と落花生しかないですからね（爆笑）。千葉出身だから言えることですけれどもねぇ、アッハッハッハ。

　で、成田で乗るわけですよ。こっちは海外は初めて、英語も出来ない。ビーオーオーケー＝ブックで止まっているくらいですからね、英語力が。……えっ？　習わなかったですか、最初？　えっ、教科書違う、みんな（笑）？　ビーオーオーケー＝ブック……、ほらほら、何人か同じ教科書の人がいたみたいですけれども。それでね、英語も嫌いなわけですよ、アイだとか、マイだとか、ミーだとか言うじゃないですか（笑）。簡単に言って、ボクが海外へ行く、ポケモンを捕まえに。この熱意ですよ、ね？

　で、向こうでコーディネートしてくれる人が見つかったの、オーストラリアで。「じゃぁ、この人に任せよう」と思って。で、日本を夜に出ると向こうに朝に着くんです。5時半ぐらい。で、「6時に空港に迎えに行きますね」って言うから、もうそれが頼りじゃないですか。飛行機に乗って、「そろそろネットを切らなくちゃいけないな」、ネットを切るイコールボクは呼吸を止めるという意味ですから（爆笑）、……それぐらいネットを切ることが不安なわけですよ。でも、しょうがない。ネットを切らなくちゃいけないな。切ろうとしたときですよ。そのオーストラリアのコーディネーターに連絡をして、

「すいません。……朝、早いですよね？　6時って予定になってますよね？」

急いで確認のメッセージするわけですよ。

「私、ちょっと小学校の送りがあるので、……ちょっと私、行けません」（笑）

あの……、1ヶ月前から、もう決められている時間ですよ。その日に決まったものじゃないんですよ。

「小学校の送りがあるから行けません」って言って、

「別の者を行かせます」

急遽ですよ。それで、「この男です」って、パッと写真が来たんですよ。普通の中年オジサン、日本人の。不精髭で帽子を被っているんですよ。……どうする（笑）？　キレイに髭を剃って、帽子を被ってなかったら（笑）？　もう、なんも特徴が無い人ですよ。「へぇ〜」っと思って、でも、こっちもね、今更、「分かんないから、どうにかしてください」って言えないから、

「分かりました」って、言って、向こうの空港に降り立つわけですよ。で、朝の5時半ですよ。「いやぁ、どうしよう？」と。周りは英語しかないんですよね。標識とかも日本字が無いのよ。……日本字って何だ、それ（笑）？　日本語が無いんですよ。「これ、弱ったどうしようかな」って思って……。

最初にやらなくちゃいけないこと、ね？　皆さんもそうですよ、海外の空港に行って何を最初にやらなくちゃいけないかっていったら、ネットの開通です（爆笑）。これをしないと生きていけないですから。わたしネットさえあれば、無敵ですから（笑）。ネット弁慶ですから、元々はね。だから、調べてあるんです。オーストラリアにある携帯電話会社のオプタスという会社。ここが結構安い値段で、良いギガバイトで日割りでやってくれるんですよ。ここは参考にしてくださいね（笑）。オプタスというところでね。

そこのＳＩＭカードを買いに行こうと、カウンターの前に行ったんです。

午前５時半ですから、早いですね。未だ、パートのオバチャンも来ていないんですよ、閉まってて。で、キオスクみたいなところは開いているんですよ。だから、何時に開くか分からないけど、開くかなぁ〜と思って見てて、ね？　オプタスのカウンターの目の前にあるシートに座って見てたわけです。来るわけよ、早番のオバチャンみたいのが。で、なんか開店準備みたいなことをしているのよ。こっちも、自分がどうしたいのかをＰＲしないといけないから、ね？　何をしているかというと、オレは、開店を待っているわけですよ。だから、そんなの、一言でいいわけですよ。近づいて行って、

「(指さして) オープン？」(笑)

って、言ったら、

「ワンサカワンサカムニャムニャムニャ、シックスエーエム」

そこだけ聞こえたの (笑)。シックスでエーエムだか、ピーエムだか、忘れちゃったけど (笑)、なんか言ったの、「シックス」だって。シックスオクロックみたいなことを言ったわけよ。成程、6時に開くんだ。じゃあ、30分待ってりゃいいや。で、待ってたわけですね。6時になったわけです。もう、迎えの人もそろそろ到着してるのに、ネットが繋がってないから連絡が出来ないわけですよ。ヤベぇ、どうしよう？　でも、ここのカウンターで申し込めば、ネットさえ開通すれば、オレは無敵だと思って。そこへ行ったわけです。

「(指さして) オープン？」

「ナントカカントカ、ファイブミニッツ」

みたいなことを言って、「5分待て」と言って、しょうがない。5分待とう、5分待とう。で、5分待ってまた行くわけですよ。

「(指さして)オープン?」

「ファイブミニッツ」(爆笑)

あれぇ、そのオバチャンね、カウンターで新聞読んで、コーヒー飲んでいるのよ。開けりゃぁイイじゃんよ。……こっちが急いでいるのに。で、また行ったら、

「ファイブミニッツ」

もう15分待ってるぞ、と。6時って言ったのに。もう一回行くわけですよね。

「(指さして)オープン?」

「テンミニッツ」

延びるのね(爆笑)。わけが分かんないぞと思って。延びたからしょうがないと思ってね、日本人としてちょっとせかせかし過ぎたかなと、余裕を持って接しなきゃいけないと思って、日本からオーストラリアに来て、未だタバコを吸っていないことを思い出して、「そうだ、タバコを吸いに行こう」と思ったら、喫煙所が見当たらないんですよ。だから職員の人みたいのにね、……空港で働いている人がいたわけですよ、大男です。英語といっても、単語で通じるわけですよ。

「(タバコを持つ所作)スモーキング・エリア? ……スモーキング・エリア?」

って、訊くわけですよ。すると、

「(指さして)アウト!」

意味分かんねぇ(笑)。何？　アウトって？　大体男って不親切ですから、女性のほうがいいわけですよね。女性の職員探していたらね。

女性職員が、

「(煙草を持つ所作)スモーキング・エリア？　……スモーキング・エリア？」

「(指さして)アウト!」(爆笑)

同じか？　おまえら？　ツーアウトか、オレは(爆笑)？　みたいなね。しょうがない、これは自分で探すしかないと思って、空港を出たら、……凄いですね。どこからともなくね、タバコの匂いがするんですよ。「こっちのほうかな？」って近づいていくと、ドンドン匂いが強くなってきて、「なんかオレ、麻薬犬みたいだなぁ」って思いながら、向かったら、あったのよ。ようやく、「良かった！　これでタバコが吸える」って、タバコを吸ってたわけよ。

「ああ、ようやく一服出来た。これで、落ち着こう」

と思ったら、……考えたら、誰かがそこでタバコを吸っていたから、タバコの匂いがしていたわけですよ。「あれ？」と思って、パッと見たら、5mくらい向こうにね、手すりに腰かけてさ、腕に女の裸のタトゥーが入った大女がいるのよ(笑)。女よ、ヤバくねぇ、そんなの(爆笑)。女が女の裸のタトゥーを入れてんのよ。凄えヤベえのよ。もう身長も180ぐらいあるのが。じっと見てるの、こっちを……。こっちは、ほらねぇ、バックパッカーみたいな大きな荷物を背負っているわけじゃん。「ちょっと、怖ぇなぁ」と、思って……、ずっと見てる。「いや、怖ぇ～」。ずっと見てる。「いや、怖ぇなぁ、怖ぇなぁ」と思ったら、近づいて来るのよ（笑）、こっちに！　ヤバいよ、オレ、サムライじゃねぇもの。「これ、どうするよ?」と思って、「ああ、ヤベぇ、ヤベぇ、ヤベぇ！」と思ったら、向こうから、

「（英語?）ナントカナントカナントカ」

それこそ、ペラペーラですよ、ペラペーラペラペーラって話すわけですよ（笑）。「何言ってんのか分からない」と思ったから、

「ノー・イングリッシュ、ノー・イングリッシュ」

目を合わせちゃいけないと思ったからね（笑）、

「ノー・イングリッシュ、ノー・イングリッシュ、ノー・イングリッシュ」

ほら、メデューサとかオレは知ってるわけじゃん（爆笑）。絶対ダメだ（笑）。

「ノー・イングリッシュ、ノー・イングリッシュ」

って、言ったら、こうやって自分の持っていたタバコの箱を指さしてんの、その女が。「……なに?」と思って、ずっとタバコの箱をタップしてんの。で、パッと開けるの、箱を、自分の持っていたタバコの箱を……。そうしたら、1本も入ってないの、タバコが。

「成程！」と、これは国境を越えたスモーカー同士の、……肩身の狭いスモーカー同士のふれあいなんだ。「貰いタバコだなぁ」と思って、

「ああ、オーケー、オーケー！」

って、日本から持って行ったメビウスですよ、ね？　パッと差し出したら、バァッと10本くらい持って行くの（爆笑）。10本（爆笑・拍手）！　箱の半分よ！　ヴァッと持って行って、

「センキュー♡」

って、「センキュー」じゃねぇ、この野郎（爆笑）！　もう着いて、30分でカツアゲに遭うわけですよ（笑）。「超怖ぇ～」と、思って。もうダメだ、もう、タバコも吸えない。

「そうだ、そうだ、もう10分くらい経ったからカウンターへ行こう」と思って、行ったらビックリ、長蛇の列（爆笑）。40人ぐらい並んでんの（笑）。「いつ、開けた？」みたいなことで……。しょうがない、どうにかこうにか、それを買って、ようやくネットに繋がったのが、もう7時近くですよ。6時に待ち合わせしたのに、7時近くですよ。「ああ、ヤバい。待ち合わせの人を待たせちゃってる」と、思って、あの特徴のない日本人ですよ（笑）。「拙い！」と、思って、慌ててメッセージを送ったんですよ。そうしたら、向こうから、

「ああ、今、向かっています」

「いい加減だな、オマエ（笑）、1時間過ぎてんだぞ」と、思って、本当にビックリしますけれども……。

一番驚いたのは、お金でしたねぇ、ええ。

「銀行に行って両替したほうがいい」

って、コーディネーターの人と一緒に銀行に行ったんですよ。

「現地のお金を持っていたほうがいいから」

「どうします？」

って、言うから、

「じゃぁ、５万円くらい。日本円で5万円くらい両替してください」

「分かりました」

で、お札とか貰って、小銭とか手数料もあるんでしょうね。ピッタリじゃないです、ああいうところはね。で、向こうのお札はプラスチックフィルムみたいになってんのよ。ちょっとカッコよさげなの、それが。「へぇ～」なんて思いながら、見ていたら、

「あれ？」

コーディネーターの人が、

「どうしたんすか？」

「あれ、ちょっとそれ見せて」

「これだけです」

「……今、暗算だけどね。多分、それ、10ドルぐらい少ない」

「はぁ？」

「10ドルぐらい少ないよ、それ」

「何でですか？」

「多分ねぇ、銀行の人が間違えたんだと思う」

　両替してもらったのに、ボク、10ドル少なく貰ったらしいんですよ。10ドルって、千円ぐらいだと思ってくださいよ。千円をボクは惜しんで言っているわけじゃないんですよ。日本の銀行だったら、1円違うだけで延々と残業させられるみたいなことを聞くじゃないですか。だから、ここで間違っていることが判明したならば、早めに教えてあげたほうがいいと思って、

「ちょっと、これ、銀行の人に言ったほうがいいですよね？」

「……なんで？」（笑）

「なんで？　って、そもそも間違ってんだから、言ったほうがいいでしょう？」

「なんでぇ？」

「だから、間違っているんだから……」

「いいの、いいの、よくあることだから」（笑）

「はぁ？」ってなりません？　銀行ってほぼ、公的機関でしょう？　そこが間違うっておかしくないですか？

「間違うんですか？」

「今回は少なかったけど、多いときもあるの」

　バカじゃねぇの（爆笑）。オーストラリア、バカだと思って、あんな国と貿易すべきじゃないと思って（笑）。

「あるんですか、そういうこと？」

「いいの、いいの、気にしちゃだめ、ここではそんなんじゃぁ、暮らしていけないから」

「へぇ〜」と、思ったら、ニヤニヤしてんの、そのコーディネーターの人が、ボクの持っているお金を見て、

「アハッ、こしらさん、それぇ」

「いや、何ですか?」

小銭のほうを指さしてんの。

「それぇ」

「いや、何ですか?」

「いい? 言っても」

「ええ、いいですよ」

1枚摘まんで、

「(笑いながら)ほら、見てぇ〜、インドネシアのお金が交じってる」(爆笑)

「はぁ〜(爆笑・拍手)! オマエ、何やってんの、それ?」

似てるから間違うんだって(笑)。もう、バカでしょう? だからね、オーストラリアは行っちゃダメ(笑)。だから、皆さんは観光とかで、いいところばっかり行ってるのよ。行ったところがブリスベンって、凄えクソ田舎でさぁ。そこに行ったらさぁ、

「今度また来てくださぁい」

「ああ、イイですよ」

「来たら、ウチに泊まってくださいよ」

キレイな奥さんですからね。「おっ、誘われてんなぁ」と、思いながらもね（笑）。

「ああ、別にいいですよ」

「避妊具は、そっちで用意してね」みたいなねぇ（笑）。……ごめん、やり過ぎた、今（爆笑）。で、

「いいですよ。なにが面白いんですか？」

「いやぁ、休みの日になるとね、ウチの裏山に木があって」

「何の木ですか？」

「ユーカリの木なんだけれどさぁ。そこにね、野生のコアラが出るの」

野生のコアラですよ。

「へぇ〜、凄いですね」

「それだけじゃないの。休みの日はね、ウチの旦那の倅がねぇ、それを空気銃で撃つの」

バカじゃねぇの（爆笑）。それが楽しいらしいですよ、オーストラリア。何を考えてんでしょうかね？

あそこね？　空気銃で撃つらしいですよ。いやぁ、もう信じられないと思いましたけれどもね……。

いやまぁ、そんなところから、落語を一席聴いていただきます（爆笑・拍手）。

『王子の狐』へ続く

バルセロナで、ポケモンゲットだぜ！

２０１７年４月18日　渋谷らくご 林家彦いちプレゼンツ
創作らくごネタおろし会「しゃべっちゃいなよ」『桃太郎宗介』のまくら

【まくらの前説】

渋谷らくご　林家彦いちプレゼンツ　創作らくごネタおろし会「しゃべっちゃいなよ」……偶数月に一度、渋谷らくごで開催されている林家彦いちが主催する創作落語の会で、新作落語を語りおろすことが条件で、若手落語家が彦いち師匠に招待される。その招待のことを「赤紙」と呼んでいる。

あの人……林家彦いち師匠のこと。１９８９年に林家木久扇に入門。２００２年真打昇進。

サンキュータツオ……漫才コンビ「米粒写経」の芸人であると同時に、日本語学者。ユーロライブで毎月開催されている渋谷らくごのキュレーターを務める。

ポケモントレーナー……ポケットモンスター・シリーズに出てくる架空の肩書。ポケモンを捕まえる・育てる・戦わせる人を指す。

カモネギ……ポケモンに登場するモンスター。

ガルーラ……ニュージーランド・オーストラリア限定ポケモン。

モロ師岡・寒空はだか……漫談家。ピン芸人。

出てまいりましたわたくし、立川こしらと申しまして、あの〜、最初に言っときますけれども、わたし、あの人のところに入隊したつもりはないですからね（爆笑）。なんか、鬼軍曹、鬼軍曹、いって、なんか自分の部下みたいな顔していましたけれども、一切ないですよ（笑）。

わたくし、パンフレットに書いていただきましたけれども、先々月にオーストラリアに行った。先月は、ボクはバルセロナに行ったんですよ。で、バルセロナのことを一つも書いてないんですよ（笑）。ボクの情報を全くトレースしてないのよ、サンキュータツオさんは。なんか訳知り顔で喋っているじゃないですか、さっきだって、そうですよ、

「あっ、8時じゃないと入れないの？」

って、仕組みを全然分かってないのね（笑）、あの人ね。もう、口先ばっかりですよ（笑）。紫を着てればイイと思ってんでしょうね（爆笑・拍手）。イイの、別に。楽屋に戻ったら、険悪な空気になればいいんですよ（爆笑）。会場が楽しければいいんですよぉ（拍手）。……、拍手するな！　おかしいよ！　アンタたち、おかしいよ。

それで、バルセロナに行って来たんですよ。で、ボク、今週はヒューストンに行くんですよね。これは何で行くかっていうと、別に落語を広めたいとかね、そういう気持ちは一切ないわけですよ（笑）。なんで行くかっていうと、あの、そこでしか捕まらないポケモンがいるんですよ（爆笑・拍手）。『ポケモンGO』さぁ、もう、日本はコンプリートしちゃったから。これは海外行かなくちゃいけないって、行ってるわけなんですよね。で、バルセロナに行ったときも、勿論、落語会やりますよ。あくまでも、ついでにやるわけですよ（爆笑）。

ただやってても面白くないなぁと、思いましてね。ボク、手先が器用ですから、あの、コスプレ作ってね、ポケモントレーナーの。モンスターボールのマークがついた帽子とか被っちゃってさぁ（爆笑）。バ

ルセロナの町を歩くわけですよ。突飛な格好をしている人はいっぱいいますよ、海外だから。でも、目立つのね（笑）。「えっ？」って見るのね。ジャパニーズ・ポケモンボーイですからね、こっちは（笑）。こっちが本式なわけですから。

で、（スマホを操作する所作）ジムバトルとかをやるわけですよ。要は現地でしか捕まらない奴が居るんですよ。日本に居ると、日本でしか捕まらないカモネギってのが居るんですよ。それをボクが、バルセロナのジムに置くんです。……ごめんね、ポケモン分かんない人は、置いて行くから（爆笑・拍手）。今日は、「自由に演っていい」と言われたからさぁ。置くわけですよ、ジムにね。そうすると、ワラワラッ、ワラワラッ、現地のポケモントレーナーたちが、

「（ささやく声で）カモネギ……、カモネギ」（爆笑・拍手）

湧いて来るのよ。カモネギに色めき立つんでしょうね。

「カモネギ……、カモネギ」

パッと見ると、目の前に画面から飛び出してきたかのようなポケモントレーナーが居るわけですよ（笑）。

「オー！」（笑）

近づいて来て、なんか喋りかけてくるのよ。スペイン語だから分からないんですよ。ボク、英語すら分からないですからね。

「ノー、ノー、ノー、ジャパニーズ、オンリー、ジャパニーズ、オンリー」

そう言うとやっぱりね、どこの国のオタクも一緒ですね。スッと引くの。偉いですね、その辺は、ちゃんと人間関係の距離をとれるんですよ（笑）。ボクの周りに囲むように、8人ぐらいの人垣が出来るわけですよ（笑）。

「次は、アイツ、何を置くんだろう？」

　みたいになるから、その前にボクは、オーストラリアに行ってますから、オーストラリア限定のを置くわけですよ（笑）。

「（驚愕の表情）ガルーラァ！　……ガルーラァ！」（爆笑・拍手）

　もう、そのジムでやることがなくなったから、次のジムに行こうと思うと、後ろについて来るのね、そいつらがね（笑）。で、また、次のジムで、こう置くと、

「（驚愕の表情）ガルーラ！　……ガルーラ！」

　あいつら、感動が薄れないのよ（笑）。どこまで行っても一緒なんですね。「ああ、オレ凄いなぁ」と、思いながら、どこまで行っても、ある一定の距離を置いてついて来るんですよ、その8人が（笑）、バルセロナの町を。オレがね、このまんま川に飛び込んだら、『ハーメルンの笛吹き男』だと思って（爆笑・拍手）、「皆、殺せるわぁ」なんて、思いましたけれどもね。

　で、まぁ、地下鉄とか乗るわけなんですよ。まぁまぁ、地下鉄なんて、グーグルマップがあればね、今は何でも調べられますから。現地の言葉なんか知らなくてもいいわけですよ。地下鉄乗ると……、もう、凄いですね。あの、貰う人がいっぱい来るのよ。「お金ください、お金ください」って言って。なんか歌

ったりとかさ、即興劇とか電車の中で始めるのよ。なんかしょぼぉ〜いモロ師岡みたいなのがさ（笑）、いっぱい居るのね。年齢はモロ師岡なんだけど、芸的には全然じゃんみたいのが、いっぱい居る。寒空はだかみたいのが、いっぱい居るわけよ（爆笑）。「なにこれ?」と、思ったらね。1人、ギター弾きながらさぁ、近づいて来るのよ。ボク、席が全部埋まっていたから、しょうがないから隅のほうで立っていたら、近づいて来て、なんか地元の歌謡曲みたいのを歌ってんの。無視じゃん、そんなのは。「オレは、金を払わないよ。なぜなら、一流の芸を日本で見てるから」みたいなね、言わないけどね（笑）。で、無視してた。ドンドンドンドン近づきながら、弾きだすのよ、いろんなのを。で、もう、無視ですよ。無視してたら、そいつが急に、ジャンジャカジャカジャンって、あの『ポケモン』のオープニング曲を弾きだしやがって（爆笑・拍手）、そうすると車内にいるお客さんが、オレを見るのよ（爆笑・拍手）。そりゃぁ、ポケモントレーナーの格好をしてるけれども、「いやいやいや、違う、違う、違う」と、思いながら、ジャァーンって弾き終わったと、もう、しょうがない、凄い視線だから、言うしかないじゃないですか?

「ポケモン、ゲットだぜ！」

って、言ってやったオレ（爆笑）。そうしたら、車内の人が皆、オレに金を渡しに来るのよ（大爆笑・拍手）。「違う！　違う！　違う！　オレ、違うから。オレ、そういう生業じゃないから」みたいな、アッハッハッハ（爆笑）。「オレ、ちゃんとした芸人だから」みたいなことで、本当にもう、「これでバルセロナで、オレ、生きていけるかもなぁ」なんてね、思ったりもしましたけれども（笑）。まぁ、本当にいろんなことがあったりするわけで……。

え〜、江戸っ子は五月(さつき)の鯉の吹き流し……（爆笑・拍手）、しょうがないじゃん、そんな新作ないでしょう？　ポケモンから（笑）。なんかまくらキレイに落語に入りましたみたいなねぇ……。今日は皆さんに、スタンダードナンバーを聴いていただければなぁと思います。

『桃太郎宗介』へ続く

師匠へのお歳暮は、ビットコイン

２０１８年1月5日　お江戸日本橋亭　『こしらの集い』より

【まくらの前説】

ビットコイン……　２００８年にサトシ・ナカモトと名乗る人物もしくはグループによって発明され、２００９年から使用が開始されたデジタル通貨。２０１４年米オンライン旅行会社最大手がホテルの予約でビットコインの使用を開始。これを機に大手ＰＣメーカー、オンラインマーケットもビットコインの使用に踏み出した。２０１６年に日本国内の大手企業としてＤＭＭ．ｃｏｍがビットコインの決済をスタート。２０１７年に、金融庁による日本国内の暗号資産交換業者の登録制がスタートすると、ビットコインの価格は沸騰し、同年12月には１ビットコインが２２０万円になる。

ペーパーウォレット……　仮想通貨における保管場所の一つで、紙にビットコインアドレスと秘密鍵を印刷したもの。ハッキングの危険性が無いので最も安全と言われるが、紙と印刷の劣化と盗難に注意が必要。

ありがとうございます。新年あけましておめでとうございます。ウチの師匠がねぇ、もう、毎年なんですよ。「前座が不甲斐ない」って話を毎年年末に話すんです、皆を集めて、ね？「お歳暮だ」って、皆、持って行くわけですよ。師匠のところへ、毎年毎年、ボクが持って行く、ヘンなシリーズで懲りたんでしょうねぇ（笑）。

「お中元は好きにしていい」

って、言うから、わたしはねぇ、まぁまぁ、二つ目のときでしたけれども、師匠が引っ越して広いバルコニーが出来たときだったんで、「ああ、ここでバーベキューをやったら、楽しいだろうな」と、思って、半分に切ったドラム缶を持って行ってね（爆笑・拍手）、

「これでバーベキューをやってください」

って、

「お前、なんてものを持って来たんだ？」（爆笑）

ズゥーッとベランダに置きっ放しになって、夏場、そこにボウフラが湧いてた（爆笑）。そういうドラム缶エピソードがあったから、師匠も先手を打って来るわけですよ。

「いいか？　もう、ヘンなものを持って来るな。も、も、もう、嵩張らないものにしろ（笑）。嵩張らないものを持って来い」

もう、皆、金券になるわけなんですよ。でも、しょうがないですよね、「金券で」って、こっちもね、師匠に迷惑をかけちゃいけないから、ドラム缶とかは……（笑）。迷惑をかけちゃいけないってのが、先ず、先にあるわけですからね。そうなると金券をどう工夫しよう？　なかなか無いわけですよ。ボクが前座の頃、金券って縛りが無かったときですよ。「好きなもの持って来い」ってときですよ。

そのとき、ボクはヨドバシカメラで、５００円で腕時計を買って来て、それを分解してね、中の文字盤のところにね、アル・パチーノの画像をネットからダウンロードして（笑）、それをこう入れて、アル・パチーノの特製腕時計だといって（笑）、専用のケースを作って、まぁ、総額2千１００円……（笑）。

「ちょっと、これ、あの、アメリカでしか売ってない時計なんですけれど……」（爆笑）

って、言った頃には秒針が落ちていましたけどね（爆笑・拍手）。10年くらい師匠の部屋に飾ってあるみたいですけれどもね（爆笑）。「ヤベェ！」、ダメよ、言っちゃぁ（爆笑）。言っちゃダメよ。そういうことをボクはずっとしていた。

で、去年もお歳暮があって、「金券類で」って、縛りがあるから、「これはもうダメだなぁ～」と、思って、もうしょうがないから、全国に、わたしは行ってたりしますから、そういうところに、「ちょっと面白い金券ないですか？」って訊いたりすると、

「あ、ありますよ。あの、牛乳券ってどうですか？」（……笑）

「牛乳券、いいな」と、思って、

「それは、どういう券なんですか？」

「牛乳にだけ、換えられます」（笑）

「それ、いいですね。じゃぁ、じゃぁ、買いますよ」

「買ってもいいんですけれど、北海道でしか使えないですよ」（爆笑）

「……それでも、イイです」（爆笑・拍手）

って、師匠に、

「これ、牛乳券ですけれども、これは腐りませんから……」

「おぅおぅ、これ、こういうのでいいんだよ」

「その代わり、北海道でしか使えませんけれど」

「使えねぇじゃねぇか」（爆笑・拍手）

「弱ったなぁ」と、思ったときに、やっぱり……。ボク、運を持っているんですね？　持っているモノは、去年の年末に話しました……。ビットコインですよ（笑）。あれが、今、ペーパーウォレットといって、QRコードをプリンターで印刷したもの、このQRコードに数字が入っているんですけれども、この数字のところに入金出来るんですよ。

だから、ボクがそこにね、0.01ビットコイン、まぁまぁ、当時ね、180万円くらい、1ビットコインがしましたから、1万8千円分ぐらいです。それをプリントアウトして師匠に、

「ぅうん、ぅうん、なんだ、これ？」

「（小声で）これ、今、大体2万円くらいの価値があります」

「で、で、で、どうするんだ？」

「え〜、これ、今流行りのビットコイン。それが入ってますから、ここに」

「どうやって使うの？」

「あの、とりあえず、今、国内で使えるのが……、師匠が使うとしたら、ビックカメラが使えます」

「なるほど、じゃぁ、これビックカメラに持って行きゃぁ……」

「そうなんですけれども、ビックカメラは未だ、ペーパーウォレットに対応していないので、今は、使えないと思ってください」

「使えねぇじゃねぇか」（爆笑）

「いや、違うんです。今は、１８０万円ですけれども、これが２００万円になるかも知れないんです。年内、１千万なんてことも言っていますから、10倍になる可能性もあるわけですよ、ね？　ということは、これ今は１万８千円ですけれども、これが年内、18万円になる可能性もあるわけです！」
「でも、０にもなるんだろ？」（大爆笑）
「鋭いなぁ！」と、思ったんですけれども、
「そうです」
「いいよ……、前からヘンなんだから」（爆笑・拍手）
「ヘンなんだ」って、言われちゃったぁ（爆笑）。

出囃子は、T・K作！

2018年2月2日　お江戸日本橋亭『こしらの集い』より

【まくらの前説】

With　T・K……ミュージシャンの小室哲哉が作曲した立川こしらの出囃子。

小室哲哉……1994年から1999年の間に数々のミリオンセラーやヒット曲を連発し、社会現象を起こしたほどの作曲家。2006年に5億円詐欺事件で逮捕される。その後、再出発の活動を行うが、2018年1月19日の記者会見で音楽活動からの引退を表明。2019年、活動再開。

エイベックス……小室哲哉がプロデュースしたCDを数多く発売した日本のレコード会社。

TM NETWORK……小室哲哉が参加している音楽ユニット。

木根尚登……TM NETWORKに参加している音楽家、小説家、音楽プロディーサー。TMNのメンバーの中で、ただ一人常時サングラスを着用していた。

KEIKO……小室哲哉が参加していた音楽ユニット「globe」のメインボーカルで、2002年に小室哲哉と結婚。2021年、離婚が成立。

（出囃子『with T・K』で、高座に上がる立川こしら）

ここで、皆さんに大事なお知らせが一つありまして、「どうしようかな？」と思って、……この会なんですけれども、この会の出囃子……（笑）、使っていいのかな？　アイツ、引退しちゃったじゃん。知らない方は、知らないかも知れませんけれども、今、流れていた出囃子は、小室哲哉さんが作ったんですよ。で、小室哲哉作曲の出囃子なんですよ。ボクのために作ってくれた奴なんですよね。でも、引退しちゃったじゃん。何の相談もねぇのよ（笑）。「オレとオマエの仲じゃん」と、思うのに、何の相談もなく引退しちゃったからさぁ、「なんか使ってるの、いけねぇのかなぁ」と、思って。

何の連絡もないんですよ、向こうから。

「もう使わないでください」

とか（笑）、

「妻の介護が大変なので、使わないでください」（笑）

とか、言われれば、こっちも、

「ああ、じゃぁ、やめます」

となるんですけれども、ほら、今、どっから叩かれるか、分からないでしょう？　もう、いろんなところを皆、ほらぁ、ともかく弱い者を見つけようって、……ん？（客席に）言っちゃダメよ。オレが小室哲哉の出囃子使っているというのは（笑）。もう、どっから飛び火するか分かりませんからねぇ。これは気を付けてもらいたいと思うんですけれどもね。

小室哲哉の出囃子ですよ、ボクが使っているのは。彼は引退してしまいましたけれども、……楽曲はいつまでも残っている（笑）。……何か、いい話にもって行ければいいなぁと（笑）、思いますけれどもね。

普段ボクは、時事ネタとかあんまり興味も無いし、ちょっとそういうのも、見たりしないんですけれども、やっぱり身近な人ですからね（笑）。ボクからしたらですけれどもね、向こうからしたらなんてことはないんでしょう、ボクのことはね（爆笑）。

出囃子を作ってもらったきっかけというのがありまして、ボクがエイベックスからCDを出したときですよ。今から5年、6年くらい前ですかね。その当時というのが小室哲哉さんがね、詐欺事件を起こして（笑）、で、エイベックスに拾ってもらってね、もう、エイベックスのおかげで生きながらえている時期だったのよ（……笑）。でも、凄い負債を抱えてしまっているとか、ね？　世間の荒波をエイベックス側が防いでくれていたわけよ。で、小室哲哉さんも悪い人じゃないからさぁ、だって、『SEVEN DAYS WAR』って言ってんだよ、悪くないでしょ、あれは（爆笑）？　「権力と闘っていこう」っていう曲を作っている人がですよ。だって、メビウスのナントカっていうの、あれは小室さんですからね。あれよ、『機動戦士ガンダム　逆襲のシャア』（笑）、あれは地球を……、もう、ドラゴンボールみてぇなもんよ（笑）。皆の「地球を守りてぇ！」っていう意思で、隕石を止めたっていうね、そういう、……観てない奴は、観て、一回（爆笑）。あれは、地球人類がね、「このままだと地球が滅びてしまう。どうにかしなきゃ」って、思いが伝わって、それを小室哲哉君が曲に乗せて伝えてね、隕石を止めることが出来たわけですよ。……どうする、オレ？　40歳過ぎて何の話をしてんだろう、アハハ（爆笑）。そりゃぁ、ウチの師匠からも、

「お前は何を考えてるのか、分かんねぇ」（笑）

って、言われるわな。

そういう小室哲哉さんですよね。エイベックス側に、「悪いなぁ」と、思っていたんでしょうね、その

時期。自分のことを守ってくれていた会社なわけですから、「悪いな」と、思っていた時期だから、何を言われても断れなかった時期があるらしいんです（爆笑・拍手）。もう、何を言っても断らない。それはねぇ、「自分は悪いことをしたなぁ」って、心の底から反省していたんでしょうねぇ。

たまたま、ボクが、CDを出したときの担当の人が、小室哲哉担当の隣の席だったんですね（笑）。エヘッ、で、ボクがボクの担当の人と話しているときに、

「こしらさん、どうします？　なんか面白いことをやりましょうよ。……じゃぁ、てっちゃんに何か作ってもらいましょうよ」

「……？」

「てっちゃん」

「誰ですか、それ？」

「てっちゃんったら、小室哲哉でしょう」（爆笑）

「（驚愕！）誰も言いません、なんてことを言うんですか！」（笑）

アハハハ、それで、

「何か作ってもらえますかね？」

「訊いてみますけれど……」

って、出来上がったのが、出囃子なんですよ（笑）。

先ず一個言いたいのは、小室哲哉に、

「出囃子を、聴け（爆笑）！　寄席の出囃子を聴いてから、作れ」

　って、言いたい（笑）。アッハッハ、

「これ、出囃子です」

　って、地方に持って行くと、皆、顔をしかめるんですよ（爆笑）。「こんなのを望んでいないんですよ」みたいなね。持って行かないようにはしているんですけれども。結局この会でしか使ってないんですよね（笑）。

　小室哲哉さんですよ、もう、引退になっちゃいましたからね。本当に酷い話だと思いません、あれ？　皆さんはいろいろあるかも知れませんが、こっちは裏側を知ってるか……、言っとくけど絶対に喋っちゃダメよ（笑）！「喋っちゃダメ」って言っても、大阪とかで喋ると、喋る奴がいるから（笑）、大阪では喋らない話題だけれども（笑）。

　あのね、小室哲哉さんね、悪い人じゃないのよ。ボクが知ってるのは、その、一番外していた時期（笑）。いろいろと話を聞いていたから、分かるんですけれども、何を言われても、全部引き受けていた、どんな仕事でも。……あれだけの人よ。

「もう、ＫＥＩＫＯにしか、書かないです」

　って、言っても、イイわけです……、プッ、今、一所懸命モノマネした（爆笑）。オレの才能の無さが、今、浮き彫りになった瞬間でしたね（笑）、アッハッハッハ。

　そうそう、小室哲哉が凄く反省している時期、話を聞いたら、もう、ズゥーッと仕事をしているんですって、ズゥーッと曲を作っているから、ご飯を食べる暇も無いからっていうので。エイベックスの近くに、凄く安い値段の立ち食い蕎麦みたいのがあったんですよ。小室哲也さんを捕まえるには、そこへ行くしかないと（笑）。食事するとしたら、そこだから、そこに行って居なかったら、もう、どっかのスタジオに居る筈だ――みたいな感じで、エイベックス中が……。あれだけの人よ。要は、富士そばみてぇなところで食ってるわけよ。あれだけの人が、富士そばで食ってんだよ。ねぇ？　考えてもみ。富士そばでご飯食べてさぁ、朝から晩まで仕事を押し付けられてさぁ、帰ったら奥さんが、自分とじゃないと会話出来ないみたいになっていて、それなのに、皆、叩き過ぎだって。

　いいじゃん、別に看護師の、一人、二人居たってさぁ（笑）。いや、全盛期もっと居たんだから（爆笑）。全盛期、ビックリするくらい居たわけですよ。それが一人、二人に減ったわけですよ（笑）。相当な落差じゃないですか、これ？　言われた仕事を全部やらなくちゃいけないしってね、そんなんで文春やなんかが叩いちゃったから、

「ああ、いいよ！　辞めるよ！　辞めりゃぁいいんだろ！　辞めるよ、オレ！」（爆笑）

　よく知らない、よく知らないよ、そこはね（笑）。オレの想像だけど、（両手で眼鏡を作って）

「いや、てっちゃん、辞めないほうがいいよ」（笑）

　木根尚登（きねなおと）ね（笑）、

　みたいな会議があったのかも知れないですけれども……。

　いやぁ、本当に怖い世の中だなと思いますよね。ちょっとでも悪いことしちゃいけないという……。だ

から、そういうのをね、目の当たりにしてると、テレビで売れるのって嫌な世界だなぁと思って、まぁ、……ウチの師匠のことじゃないですよ（爆笑）。ウチの師匠は、凄く今、輝いているからね（笑）。

ウチの師匠はいいんですよ。元々、品行方正ですから。悪いことをしないですからね。ウチの師匠は、全然、法に裁かれるようなことは一切しないんですよ。だから、叩かれるようなことがないのよ。それこそ、ちょっと言い過ぎちゃったことがあったとしてもね。ウチの師匠は、多分、不倫とかしないと思うもの。それどころじゃないしね。脱税とかも、しないと思うもの。分かんないけれど、クスリとかも手を出さないと思うし（笑）、……考えてみると、談志師匠は全部やりそうだけどね（爆笑）。アッハッハ、もう、「全てやります」みたいな……。ウチの師匠はそういうダークな部分が一切ないんですよ。だから、多分、マスコミに出ていてもいいんですよね。

破門されるのが一番怖い

2018年3月2日　お江戸日本橋亭『こしらの集い』より

【まくらの前説】
立川かしめ…… 大学卒業後、広告代理店に勤務したのち、2015年に立川こしらに入門。師匠のこしらが弟子の高座名の命名権をヤフオクに出品して、アイドルグループの「仮面女子」が落札。2016年まで、「立川仮面女子」を名乗り、命名権の終了後に、「かしめ」という名前になった。

六代目三遊亭圓生…… 1979年79歳で逝去した昭和を代表する落語家。無観客のスタジオで膨大な数の落語演目の録音を行い、「圓生百席」という大プロジェクトの音源を遺した。

紫檀楼古木…… 狂歌の名人の紫檀楼古木は、煙管の羅宇問屋の主だったが、商売を任せた番頭に店を潰され、羅宇のすげ替えで市中を歩く出商人の身になっていた。その古木が狂歌の名人とは知らずに、汚い羅宇屋の爺さんと思い込んだ新造との歌のやり取りを落語にした噺。

ダメよ！　ネットとかに出しちゃぁ（笑）！　別にネットに出したところで、皆さんがネットの情報を共有出来る仲間は、ネットの世界に居ないですからね（笑）。ここに集まっている人は、本当特殊な人しかない（爆笑）。こっちもこれ以上お客さんを増やそうとも思ってないですし。書いちゃダメよ！

本当に、書かれれば、書かれるほど、こっちは言えることがドンドン減ってっちゃうからね（笑）。是非ね、ここであったことは内密にしていただければなと、思うんですけれども。

だから、（立川）かしめの二つ目のトライアルも多分まだ、公表前だと思いますので、皆さんにはいち早くお伝えしたいのでね。本人が公表しだしたら、初めて拡散していただければなーという風に思ったりするわけなんですけれども、はい。

そんなんでね、本当バレたりするのが、……師匠って怖いのよ。破門になったら、それで終わりですからね。これがね、一番怖いわけなんですよ。にもかかわらず最近の若い人は、怖がらないね、本当に破門にならないと思ってんですよね。

ボクもでした。前座の頃。前座をやっていて、その厳しさがいまいち分かってないわけですよ。こっちは落語やりながら、劇団をやったんですね。で、劇団の公演が決まってて、それはもうボクは、「落語家の名前で演出やります」って公表していたんですよね。で、チラシも作っちゃって、ボクは立川らく平って名前でやっていましたね。で、この日に公演やります。前座だから師匠に付いてなくちゃいけないんだけどね（笑）。弟弟子（おとうとでし）がいっぱいいるから、「そっちに任しときゃいいや」と、思ってね（笑）。入門して、すぐでしょうかね。

その頃に、ウチの師匠がお客さん集めて落語教室を開いていたんですね。で、何回かやっているときに、落語テストみたいなモノを、皆に出して、「この落語の中で、このフレーズが一番大事だ」みたいなテストを延々とやっているんですよ、毎回、毎回。こっちは、落語興味ないから（笑）、とりあえずは真面目な顔して、「こう座っていればいいんだよね」で感じで座ってたら、ある日突然、

「弟子、おまえらもテストやれ」

急にその答案用紙が回って来て、ヤバいのよ。本当に知らないから（笑）。「ヤベぇ」と、思って、でも、３択とかだったらまだしも、なんか空欄になってて「書け」みたいになってるわけ。もう、ヒントも何もないわけですよ。落語のタイトルも読めない状態でね（笑）。

「この中で、一番大事なフレーズは何か？」

みたいな。いや、ヒントがゼロでしょ？　こんなもん。英語で出題されてるのと、何ら変わらないわけです（笑）。何のとっかかりもなくて、「えー」と、思ってね。そこでね、なんかほら、洒落を狙いに行って、洒落て返せたらいいけど、そこまでの知識もないんでね。で、外したらもっと大ダメージになると思ったから、しょうがないから、分かるとこだけ書いて出したのね。

案の定、その中で、オレだけ最低点ね（笑）。

「弟子は、分かってない」

って、言われて。また次のときもテストだったわけですよ。そのときも何も、改心してないから（笑）、また、分かるところだけの空欄を埋めて出したわけですよ。で、最低点は、オレなわけよ。「なんにも分かってねぇ」と思われて、で、終わったあとですよ、

「おう……、らく平」

「はい」

「あの、来月な……」

「はい」

「最高点じゃなかったら、破門な」

……最高点じゃなかったら、破門ですよ！　ヤバすぎるでしょう。だって、だってもうチラシ撒いてんだから、「芝居やる」って（笑）。破門になったら、名前使えないわけですよ（爆笑）。ね？　刷り直ししなくちゃいけないわけですよ。その上でさぁ、始まる前に、

「すいません、演出家として立川らく平って名前で、出させていただきましたけれど、実は破門になってしまいまして、本名の若林大輔（わかばやしだいすけ）ということで……」

お客さんに説明しなきゃいけなくなるじゃん。ヤバいと、これは。ちょっと本気でやんねぇと、だって、落語教室に来るような人ですよ。落語好きが拗（こじ）れて来てるわけだよ、そういう人って（爆笑）。もう、殆どの落語を聴いたことある人が来てる中で、「最高点とれ」っつうのよ。「ヤベぇ～！」と、思って。だって、芝居だって演出だから、ウチの芝居の稽古のほうも行かなくちゃいけないわけよ、そっちと並行して。……しかも、次のテーマの演者が圓生なのよ（笑）。

文楽とかだったら、なんか、20本ぐらいでしょ？　多分、メジャーなところだけ。圓生とか百席あるじゃん（爆笑）。「何だオマエ！　そんなリリースするな！　お前、『二人旅』だけにしとけよ、オマエ！」と、思うわけですよ。「そんなぁに、あるの？」と、思って、しょうがないから、もう端から全部聴いてさ。しょうがないですよね。で、師匠は、メジャーなネタを出題しないですよね。今回は、オレを試すためにやってるから、マイナーのところは、とりあえず全部しっかり押さえておかなくちゃいけないなと思って、もう先ずはメジャーなのは全部捨ててね、マイナーなところだけいって、余った時間だけメジャー

なところを聴いていたんです。

それこそもう、高校入試以来ですよ（笑）、勉強したのが。本気で勉強したのが。大体勉強とか、やりたくないことをするのが、勉強でしょ？　オレにとって、勉強だったわけよ、それが（笑）。もうなんか、スタジオ録音だと笑い声がないから、クソつまんねぇのよ（笑）、聴いていても。「圓生、なんだこの自信は？」（爆笑）、「途中から、（上下）どっちでやってんのか、分かんないし」と、思いながら……。先ずはタイトルを覚えるところからですから……（笑）。「これで、『紫檀楼古木』って読むんだ？」みたいな、ねぇ（笑）？　知らないでしょう？　ちゃんと勉強したんだよ、オレ（笑）！　本気でやるときはやるのよ。でも、凄い勉強してね。85点だか、86点とかって、これ最高点だったのよ。それぐらい、ヤバいのよ、破門って（爆笑）。それぐらいヤバい。しかも1ヶ月しかないからね。圓生のテスト、1ヶ月ですよ。何も聴いてないオレがぁ！　やったら、それぐらい出来なくちゃいけないの、落語家っていうのは。

それはオレ、出来ているから。で、師匠に、

「あの、圓生、全部覚えて来ますから」

「最高点でなかったら……、分かってんな、お前な？」

みたいな（爆笑）、

「じゃぁ、テスト出すからなぁ」

みたいな、「そんなんでも、良かったかな」と、思ったりするわけなんですけれどもね。まぁ、破門というのが何よりヤバいっていうのがね、この落語の世界だったりしますんでね。

そのへんがね、「ブラック企業だ」とか、言われたりしますけれどもね。フットボールアワーさんも言ってましたけども、

「好きで入ったんだろう」

と、言われたら、

「そうなんですよ」(笑)

好きで入ったんだから、嫌だったら辞めりゃいいだけで、……そういう世界だったりします。

『寝床』を実践する

２０１８年４月３日　お江戸日本橋亭　『こしらの集い』より

【まくらの前説】

千早振る……　古典落語の演目の一つ。知ったかぶりのご隠居が、短歌についていい加減な解釈を説明する噺である。元の短歌は、「ちはやふる　神代もきかず　竜田川　からくれなゐに　水くくるとは」。

寝床……　古典落語の演目の一つ。義太夫語りが大好きな大家の旦那の義太夫は、あまりに下手なので、誰も聴きたがらない。ある日、義太夫の会を開こうと料理と酒を準備して、長屋の店子や店の使用人に聴かせようとするが、仮病やら嘘の用事で誰も集まらない。皆が義太夫を聴きたがらないことに腹を立てた旦那は、「店子は長屋から出て行ってもらう。使用人には暇を出す」と言って不貞寝をするのだが……。

ギンギラギンにさりげなく……　１９８１年に発売された近藤真彦の４枚目のシングルレコード。作詞は、伊達歩。作曲は、筒美京平。第23回レコード大賞最優秀新人賞受賞曲。

最近、凄く思うのはね。あのう、振り幅がね、非常にあるんですよ、わたし（笑）。……精神的なもんじゃないですよ（笑）。そうなるとね、病院行かなくちゃいけなくなりますわね（爆笑）。落語の振り幅が凄くあって、本当に。田舎のお爺ちゃん、お婆ちゃんしかいないとか、そういうところから、ちょっとずつ若い人の落語会にね、変えていくこともやったりしますから……。最初は、お爺ちゃん、お婆ちゃんしかいなかったりするんですけれども、そういうときに凄いのよ。

古典通りに演るオレ（笑）、絶対に見に来るなよ！　お客等（まえら）（爆笑）。このあいだも、ビックリよ。教科書通りの『千早振る』（笑）。教科書通りの『千早振る』で大爆笑になるのよね。これね、腕があるわ（爆笑）。出来んだよ、オレ。上手いのよ（笑）、落語が。だって、田舎の年寄りといえどもね、でもね、なかなか出来ないよ。大爆笑よ、『千早振る』で。

「素人了見に、考えて……」

「わぁぁぁぁー、アッハッハッハッハ！」

何が面白いのか、こっちが分かんないくらい笑う（爆笑）。古典が出来ない人なんだけどねぇ。そういうガッチガッチの古典みたいなのを演るときもあればさぁ、「こぶ平、凄ぇ」っていう話題で時間が終わっちゃう場合もあるわけですから（笑）。

だから、ボクの会だからといって、気軽に来ないでください（笑）。ここに来ている人たちは。いいですか？　普通こういうことは言わないんですけれどもね、「どこでも来てください」って言うけど、……来ないでください（笑）。あのう、そういうときじゃないときもあるわけよね。立川こしらが出るからっていって、希望している形態の立川こしらが出るとは限らないわけ（爆笑）。「完全にコイツ、詐欺か引っ掛けにいってるなぁ」みたいなねぇ、そういう楽しみがあるかも知れないですけど（笑）、出オチみたいなもんだから、それ（笑）。それ2時間続くと飽きるからね、絶対。

だから、ここが面白いと思う人は、ここだけで十分（笑）。他に行っても、面白いこと、そんなにないから。大分薄めた奴を演るだけだからね、他へ行ったら、……合わせていかなくちゃいけないからさぁ。

ここは通じるから出来るよ。他へ行って、そんなもん、演ったら怒られるぜ（爆笑）。お金貰って、演ってさぁ（爆笑）。……その場ではね、プロフェッショナルですから（笑）。プロフェッショナルですから、お金を貰ったら、お金を貰ったカタチで仕上げてしまうというのがね……。

ああ、こういう何か、自分の器用なところが、「良くないのかな」と、思っていますけどねぇ（笑）。まぁまぁ、器用じゃない人はいっぱい居ますからね。器用だというのは、自分の取り柄だと思ってね、やっていこうかなと、思いまして……。

今日は、皆さんね、『寝床』という噺を、後半に聴いていただければなぁと思うんですけれども。この噺は、「こしらの集い」でしか演りません（笑）。今日の流れで分かったでしょ？　他所で通じる奴じゃないい（笑）。だから、今日は特別に、……毎回そうなんですけどね（笑）、「こしらの集い」のみで演るというつもりで、聴いていただければなと思います。

他では滅多に聴くことが出来ない『寝床』という噺です。皆さん、ご存じですね？　『寝床』という噺のあらすじぐらいは（笑）、……知らない人は、しょうがない。スマホで調べてください（笑）。

最近、多いんですよ。「オレ、天才だな」と、思うタイミングが（笑）。前はね、3ヶ月とか4ヶ月に、一遍だったんですけれども、最近はね、1ヶ月に一遍ぐらい、自分が天才なんじゃないかと、思ってしまうっていうのが、……多分いろいろ病んでいるんでしょうね（笑）。「あっ、天才だなぁ」って、思ったりするんですけれどもね。今回、そんな天才シリーズから、……なんか、自然と降りて来るんですよ（笑）。「これ演ろうかなぁ」じゃないのよね（笑）。わたし、目が覚めると、

「……あっ、『寝床』演んなきゃ……」（笑）

神ですよね、これ、言ってみたら（笑）。神からのお告げで……。まぁ、性別は違うけど、ボク、ジャンヌ・ダルクだと思っていますよ（笑）。ジャンヌ・ダルクの人生をよく知らずに使っていますけれどもね（笑）。

『寝床』という噺でございます。そう！　やっぱりねぇ、落語を演るには、リアリティが大事だろうと、ね？　で、『寝床』演ろうと思ったら、このあいだですよね。

「おっ、かしめ！」

「はぁ、何ですか？」

「オマエ、明日、暇か？」

「はい」

「じゃぁ、オマエ。ちょっと来い」

「はい」

カラオケ行ったんですよ（笑）、２人で。

「おい、オマエ、オレの歌を聴け」

「はっ、いいんですか？」

「（リモコンを渡して）オマエが好きなのを入れろ」

「な、なんですか？」

「いいから、オマエが選曲しろ！」

と、

「オマエが選曲したのを、オレが歌うから……」

「で、でも、師匠が何を歌えるのか……」

「オレは、なんでも歌えるんだよ（笑）！　いいから入れろ！」

「分かりました……」

入れたのが、『ギンギラギンにさりげなく』（爆笑・拍手）。オレ、それ小学校の頃に流行ってたからさあ、逆に覚えてねぇですよ。

「分かった。ようし、聴け」

『ギンギラギンにさりげなく』を……、もう、言ってみたら小学校で聴いた以来ですよ、ほぼ。「歌おう」と、思うタイミングないでしょう、ね（笑）？　皆さんだって、カラオケ行って、『ギンギラギンにさりげなく』をね、歌わなくちゃいけないっていうね、機会がないじゃないですか？　ちょっと困ったなあと、歌ったわけですよね。マイク貰って、

「どうだ？」

「あ……、お上手で……」

「オレの実力は、こんなもんじゃない。もう一回入れろ」

「……はい？」

「同じ曲を入れろ」

「はぁ？」

そのあと、『ギンギラギンにさりげなく』を1時間、延々と歌って（笑）、

「かしめぇ！　どうする？　ここで帰るか、もう1時間いるか……」

「帰ります」（爆笑・拍手）

「オメエが選んだんだからなぁ」

って、言って（笑）。『寝床』だぁ、って思って（爆笑）。耐久「ギンギラギン・レース」ですね。やってきましたよ。後半のほうは本当に、自分もマッチになってました。マッチ像が、ハッキリしてないんですけどねぇ（笑）。まぁね、弟子としても幸せだったでしょう？　師匠の歌を、1時間もみっちり聴けるんですから（笑）。……なかなかないですよ。自分がね、尊敬する好きな人が、目の前で自分のために1時間歌ってくれるんですよ（悲鳴・爆笑）。こんな幸せな時間はないでしょう？　ねぇ？　ん？　そうだ！　アイツ、断った、あと1時間（爆笑）！　また、破門あるかも知れないですね（爆笑）。まぁまぁまぁ、そんなこと言いながらね。そういう風にね、いろんな実生活を、落語の中にも取り入れていくのもね、今後、自分の課題になるんじゃないかなと思ってね。弟子を器用に使いこなしてね（笑）、やって行こうかなぁと思ったりするわけなんですけれども。『寝床』というお噺でございます。

『寝床』へ続く

沖縄の事故物件ホテル

2018年5月8日　お江戸日本橋亭『こしらの集い』より

【まくらの前説】

名護……名護市は、沖縄本島北部に位置する沖縄県第7の都市。沖縄北部方言で、ナグーと発音。1978年以来、北海道日本ハムファイターズの春季キャンプが名護市営球場で行われている。2023年2月1日現在の推定人口は、約6万4千人。

松之丞……現・六代目神田伯山。2007年の入門から、2020年の真打昇進までの神田松之丞の高座名。二つ目時代から独演会で定員数百人の会場を満員にするなど新進気鋭の講談師として注目を浴びている。

キジムナー……キジムナーは、沖縄諸島周辺で伝承されてきた伝説上の妖怪で、ガジュマルの古木の精霊。

沖縄の落語公演は、本島込みで6ヶ所ぐらいあってね。もう、凄く盛り上がるのよ、沖縄って。他のところ、行くとね、ジジババが凄ぇ紛れるの。しょうがないですけど、沖縄の人は、ジジババが殆ど来ないんですよ。

ずっと喋っているあいだも、うしろの中坊が、凄ぇ煩ぇとかね（笑）。いいのよ、そういうとこなんだからね。だから、東京から遠征して、見に来てくれるお客さん居ますけれども、あの、東京の環境と一緒にしちゃダメなんです。地方っていうのは、落語を観る環境が先ず無いところですからね。そこで落語を観れるだけで幸せなの、彼らは（笑）。

数日前にその会場に行った人が居たんですよ。それは、名護の人らしいですけどね。ボクのことをネットで知って、で、「名護で演るんだったら、観に行きたい」って、ボクが演るその喫茶店があってね、そこに訊きに行ったらしいですよ。

「すいません。こしら師匠の会は、こちらで明後日やるんですか？」

って、言ったら、そこのバイトの人が、

「えっ、それ、なんですか？」（爆笑）

そういうところなの（笑）。基本的にはね。

ボクが、その名護で演るときに泊まったところが、凄い遠いとこなんです。元々、そこに泊まるっていうのは理由（わけ）があって、名護で演るのが、今回３回目だったんですね。１回目、名護に行ったとき、

「沖縄のどっかで、落語会やってくれる人、居ませんか？」

適当にいつものようにツイッターで呟いたら、その名護にある喫茶店が、

「ウチで演りませんか？」

って、向こうから来たわけよ。「じゃぁ、これ面白いや」と思って、初めて行って落語会を演ったときに、ボクはその会場しか、知らないからね。近くのホテルを押さえて、時間になったら会場行って、落語演ったわけですよ。

凄いのよ。落語観たことないから、皆。で、近所のオバチャンとかが、もう、モノを食べながらとか、飲みながらとか。「音楽じゃねぇけどな」と、思いながらね、こうやって演っていると、

「え〜、立川こしらと申しま……」

「(お客さん)幾つ?」(爆笑)

「ボクの歳ですかぁ?」

みたいな感じでね。もう、凄いの。そういうところなのよ。んで、

「いや、こっちが喋るから、黙ってね」

名護は最初だから、まぁまぁ、楽しかったという印象を残して、帰せばいいだろうと。段々分かって来るだろうね?　1回や2回で、なんか松之丞みてぇに、「煩ぇんだよ」って、言ってはいけない(爆笑)。アッハッハ、あいつ、今、ノリに乗ってるから、それでいけるわけよ。こっちはそうじゃないからさぁ、どんな状況でも、「楽しかった」って帰せばいいじゃない。

で、演っていると、止まらねぇのよ。その辺のオバチャンたちが(笑)、

「(お客さん)何回目?　名護は?」

「いやぁ、初めてですよ」

「(お客さん)いやぁ、やっぱりあれぇ?　日ハムのファン?」

って、意味が分からねぇなぁ(爆笑)。どうやら、キャンプで使っているらしいのよ。

「ああ、日ハムのキャンプ……、そうなんですか。……そうでもないんですよ」

「(お客さん)どこがぁ?」

落語会を演らせてくれよ、みたいな(爆笑)、そういう話ばっかりでね。それでね、

「(お客さん) どこ泊まってんの?」

「どこでもいいだろう、そんなもの」って、思いながら、

「実はこの先の××ってところに、泊まってんですよ」

って、言ったら、30人ぐらい居たかなぁ、皆が一斉にザワザワザワ……。

「(お客さん) 無いよ、そんなところ!」

「ありますって、ずっと先にある」

「(お客さん) いや、ないないない!」

「ずっと先に、ほら、ずっと行くと弁当屋さんがあって、こっち側にこれがあって、その先に、ほら、森があって、その脇にある」

って、言ったら、

「(お客さん) ええっ?」

「その先にある……」

「(お客さん) ちょっとちょっと、待って、ちょっと待って。……あっ、あそこ、あそこ××ね?」

「ええ、××ホテルですよ」

「(お客さん) エエッー、あそこ、モーテルよ」

……ラブホテルだったた(笑)。そこは、

「ビジネスホテルで検索して出てきたから、そこを押さえて……」

「（お客さん）違う、違う、違う。あそこはラブホテルよ。そんなの予約したの？　一人で？」（爆笑）

オレは知らないけど、地元の人は、そこがラブホテル、という認識らしいですよね。それで、その脇にある森というのが、女人禁制の森なんですって、凄いでしょ？　今の時代で。要は女性は絶対入っちゃいけませんっていう森で、その脇に建っているラブホテルだから。地元の人は絶対行かないんですって。そこに行くとよくないことが起こるから、そこに泊まっているって言ったもんだから、もう一斉にザワザワしだしちゃって（笑）。「ちょっと、大丈夫、あの人？」みたいな感じで、

「待って、待って、待ってください。いや、本当にボクはね、ラブホテルとは知らないで、ビジネスホテルで泊まったんです」

って、言ったら、

「（お客さん）ね？　中は、どんなだった？」

「いや、まだ、チェックインしてないです」

「（お客さん）してないの？　じゃぁ、行ったらさぁ、写真撮って送ってぇ」（爆笑）

何でオレさぁ、そんなことしなくちゃいけねぇんだと思って……（笑）。まぁ、行ってみたら確かにそうなんですよ。作りが、変な作りになっていて、ラブホテルと言われればラブホテルなのかなぁみたいな、大きめのベッドがあって、こっちに申し訳程度に、シャワーがついているみたいな。そういえば、そうかな？　というところ……。

その日の夜ですよ、隣が女人禁制の森でしょう（笑）？　寝ているとさぁ、

「イヤァッホゥ、……イヤァッホゥ」

みたいな声が聞こえてくるんですよ（笑）。南国の鳥みたいな奴ですよ。「夜中、鳴くなよ」みたいなさぁ（笑）、女人禁制の森って聞いていてさぁ、向こうの人たちは、そういうの信じてるわけでしょう。「怖ぇ」と、思って、もう一睡も出来ないのよ。「イヤァッホゥ」っていうのが、ちょっとずつ近づいてくる（爆笑）。なんか、キジムナー的なものかな（笑）？　キジムナーが何か知らないけれどもね（笑）。ひょっとしたらさあ、ガラッて開けたら、なんか変な木の仮面被って、槍を持った奴が飛び跳ねながら、

「イヤァッホゥ！」（爆笑・拍手）

「もう、絶対無理だ」と思って、もう、怖くなっちゃうと、ダメなわけですよ。「ああ、もう、これ無理」と思って、暑い時季だったけどね、もう全部閉め切ってさぁ。エアコンでも全然寒くならないのよ。ドンドン暑くなって来て、「うわぁ〜」と思って、暑いからシャワーでも浴びようと思って、シャワーの栓を回すと、出ねぇのよ、水が（笑）。さっきまで出ていたのに。やっと出たと思ったら、ポタッ……、ポタッ……って、「いやぁ、マズイ！」と思って、「これ以上出したら、絶対血が出て来る」（爆笑・拍手）と、思って慌てて栓を締めて、もうダメだ。もうダメなんですよ（爆笑）。もう、そうなると、もう、〝こしら〟は、〝こしら〟でいられなくなる（爆笑）。「ふぁ〜、ダメだ」。もうこれで、寝ているわけにはいかない。しょうがないから、もう荷物を全部取って、夜中ですよ。チェックアウトなんか、カギ、適当なところに置いとけみたいなことだったから、もう4時ぐらいでしたけれどもね。もう少ししたら、白々明るくなるみたいなときに、ガターンッてカギをカウンターに置いてさぁ。球場があるのよ、

近くに。その球場まで行ってさぁ、球場は、ほら、広いから視界が開けているでしょ？　だから、「イヤァッホゥ！」って来ても、すぐに分かる（爆笑・拍手）。とにかく、背後から来られたら困る（笑）。開けているところに行かないと拙いわけよ。遠くからでも分かるように、球場でビクビクしながら、荷物を抱えて、「大丈夫か？」みたいな。「オレ、なんでこんな怖い目に遭わなくちゃいけないんだよ」と……（笑）。

その名護で落語会が終わったあとですよ。「皆で軽く食べませんか？」って食べているときに、「そんなラブホテルに泊まるんだったら、ウチ来なよ」って、同年代ぐらいの女性が言うのよ。……どうする？　と（爆笑）、もう、だって沖縄だしね、暖かいし、もうザ・アバンチュールじゃない（笑）。「ヤバいなぁ」と、「ウチ来なよ」なんて言うわけよ。あいうところって、結構そういうところも、アレなんでしょう（笑）。オープンなんでしょう。オレ、なんかちょっと素敵に映っちゃったんでしょうね（笑）？「これぐらいだったら許容範囲かな」みたいな、お互いね。お互いそういうので「ウチ来なよ」って思っているから、

「じゃぁ、そうします」

「今日は、もう予約してあるから、じゃぁ、もし次回来るときあったらさぁ、ウチ泊まればイイじゃん」って、連絡先を渡されちゃって、電話番号なんですよ。「……これ、来たぞ」と（笑）。

オレが今度から沖縄に行くっていうのは、沖縄で落語を演りに行くわけじゃない。沖縄にいる女に逢いに行くわけですよ（笑）。今までだってそうです。海外行ってさぁ、なんかポケモンのために海外へ行っ

て、で、落語会を演って来たわけよ。だから、もう一つ理由がないと、オレは行きたくないわけです。名護にさぁ、女が居るからなんですよ（笑）。完全に小指（これ）だから（爆笑）、「よし、行っちゃおう」と。で、次回、沖縄の落語会が決まったらすぐですよ。

そりゃ、そうよ。誘われといて、こっちからね、「いやいや……」なんて言うとさ。傷つけちゃうでしょう（笑）？　それは、いや、皆さんは分からない。皆さんは、男女ともに草食系だから、こっちはね、「分かった。分かった」って……、すぐ電話したわけね。

「決まったんで、またお世話になっていいですか？」

みたいなね。流石に、「ヤリに行くぜぇ」みたいなことを言わないですよ（爆笑）。こっちも40過ぎているからさぁ、ね。残念ながら上手くいかない場合もあるわけだ（爆笑）。だからね、

「ちょっとね、遊びに行きますよ」

みたいな感じで言ったわけ。

「ああ、ちょっと詳しくは、メールのほうがいいから、メールアドレス教えるから、ここに送ってください」

なんて言うから、「ああ、分かった。分かった」とね。段々、距離が縮まっている感じですよ。電話からメールになって、「じゃぁ、何月何日に落語会がありますので、よろしくお願いします」

まぁまぁ、ちょっと堅めに送っといたほうがね。お互いほら、分かってるけれども、そこは（笑）、いきなり砕けるのもアレでしょう？　大人同士だからね（笑）。それで送ったわけよ。そしたら、

「ご宿泊は、何日の何時でよろしいんですね？　チェックインは何時で、チェックアウトは何時……」

　何、このメール（爆笑）！　「ええー？」と思って調べたら、その女、そのホテルの関係者でさぁ（笑）。なんかオーナーの娘かなんかなのよ。で、「ウチへ泊まりに来い」って……、正しいの（爆笑・拍手）。確かに、お前のウチだけども……。それで、やったら会場から遠いのよ。でも、オレ「行く」って言っちゃったじゃん。で、今更さぁ、「いやいや、下心があって、行くって言ったんで、これじゃ行けません」と（爆笑）、言えないじゃん。しょうがないから、行って、また、高額ぇのよお、そこがぁ（笑）。「おい、おい、おい、おい」と、思って……。で、聞いたら、日ハムが名護に来るときキャンプで使ってるようなところでさ、凄ぇ良いところなの。いやぁ、それだったら、まだ、××のほうが、まだネタになるから……（爆笑）。しょうがないから、そこへ行ってさぁ。で、2回目から、もうそこがボクの定宿になっちゃったわけですよ。しょうがないじゃん、そこで、

「また、行きます」

「じゃぁ、お部屋用意しておきますね」

　って、凄ぇっ、良い部屋なのよ。用もないのにさぁ、セミダブルが二つ置いてあるようなところでさぁ（笑）。まず、何、これは？　おめえが隣に来るのか、バカ野郎（爆笑・拍手）！　カギ、開けとくぞ、この野郎（笑）！　来ねぇけどね。迂闊に開けておくと、「イヤァッホゥ！」って、槍を持った妖怪がジャンプしながら入って来るのも怖い（爆笑・拍手）。

オーストラリア公演の宿

2018年6月13日　ユーロライブ『こしらの集い』より

【まくらの前説】

二つ目の会……　2018年10月26日に横浜にぎわい座で行われた「立川かしめ前座総決算 二つ目イクアリテ」のこと。この会で、大師匠の立川志らくから、「かしめが覚えて演じることができる落語50席のうち、音源のみで覚えたものを実際に他の噺家に稽古をつけてもらう」という条件付きで、二つ目昇進内定をもらった。

一之輔……　春風亭一之輔。2001年、春風亭一朝に入門。2012年、21人抜きの大抜擢で真打昇進。2023年、日本テレビ『笑点』の新メンバーに起用される。

ANZ……　オーストラリア・ニュージーランド銀行の略。

パース……　西オーストラリア州の州都。

メルボルン……　1927年まで首都をつとめたメルボルンはオーストラリア第2の都市で、世界一住みやすい街として知られている。位置的には南極大陸側に位置するため、オーストラリアの大都市の中で最も冷え込む。

（休憩時間中、弟子の立川かしめを高座の脇に呼んで、公開説教中）

本当だってあれでしょ、今日、おまえの二つ目の会の「チケット売らせてください」って、言っていたじゃんよ。もう売ったの？　おまえ、二つ目になる気じゃん。それで、これでいいの？　……二つ目になれんの？　オレは、談志に認められてなっているからね（爆笑）。凄ぇ、嘘（爆笑・拍手）！　今、凄ぇ大嘘ついちゃったよ（笑）。

じゃぁ、いいわ。オレが決める。おまえ、英語を凄い喋れる奴を、ちょっと1人急いで探してみて。おまえじゃダメ。ネイティブで喋る人。っていうのは、さっき話したANZの口座が、凍結されちゃって（爆笑・拍手）、今、残高すら見られないのよ、ログイン出来ないから。で、「凍結された方は、ここに電話してくれ」っていうんだけど、絶対に向こうのオペレーターが出るから、オレ、対応出来ないから、おまえが連れて来たその通訳にオレが耳元で情報を言って、で、凍結解除されたら、おまえの破門は無しにしてやる（笑）。だから、おまえ、変な通訳を連れて来たら、本気で破門だからな（笑）。だって、オレの口座を救えなかったというのは、おまえのミスだよ。……「はい」じゃねぇだろ？　そんなわけねぇだろ（笑）。オレのミスだろう、どう考えても（爆笑・拍手）。おまえ、パワハラ慣れ過ぎだわ。

ということで、かしめが二つ目になるトライアル、いつだっけ？　優しいなオレ、

「（かしめ）10月の26日でございます」（拍手）

10月26日、なんとね、志らくとわたしをね、呼んで、凄いよね。チラシ、見てくださいよ、志らくの写真だけ載っているの（爆笑）。オレ、オレは名前だけなんだけど……。まぁ、マスコミにいた人はね、売り方が分かってなくて、広告代理店はこういうところが、狡(こす)いからなぁ（笑）。

是非、横浜にぎわい座でやりますから。まだ前座ですからね、前座がにぎわい座でやるっていうのは、これは奇跡ですからね。一之輔でも、成しえてないでしょう（かしめに向かって）？　じゃぁ、おまえ、一之輔を超えるつもりか？

「（かしめ）はい」（拍手）

よし、……だとしたら、今のままじゃダメだ。一之輔超えるなら、もっとポピュラーな奴を演んないと（爆笑・拍手）。頑張ってな、一之輔、オレが超えられなかった壁を、おまえが超えてくれ（笑）。おまえに託したからなぁ。はい、はい、休憩終わりということでね。

（かしめ、退場）

はい、はい、ということで、かしめが二つ目になるそうですので、どうなるのか、皆さんで楽しみにしていただければなぁと思います。凄いね、これで本当に二つ目になっちゃったらさ、オレ、ちゃんと1人育てたことになるわけだからね。オレがだよ（笑）。ねぇ？　立川流の曽孫弟子、最初に育てたのは、オレだからさぁ、そう考えると凄くない（笑）？　これ誰も出来てないことだからね。順番からいったら、やっぱり弟子が居る順でいったら志の輔一門とか、談四楼一門とかですよ。上からいったら。そうじゃなく、志らく一門の、ね？　こしらがよ（笑）、最初の曽孫弟子作っているっていうのは、革命ですよ。

時代が、……オレを求めている（笑）。それに、やっぱり乗れるか、乗れないか？　今までのようにね、古典落語を古典のまんま演る。そういう時代は、もう終わったでしょう？　談志が教えてくれたでしょ？　「そうじゃない」っていうのを。……それを体現しているのが志らく一門であり、立川こしらなわけですよ。これからのオーストラリアの落語は、オレが作っていく（爆笑）。

ということで、これからの後半戦ということになりますけれどもね。パースで落語を演ってからですよ、そこから移動したのがメルボルンですよね、メルボルンってのが、寒いんですよね。寒くて、……ここだけの話で、毎回メルボルンは、お客さんが、そんなに来ないんですよ。その割に、そこのメルボルンの主催者が予約してくれるホテルが、高ぇのよ。凄く高い。その代わりね、「ホテルの脇には、カジノがあります」っていう、いや、オレ、カジノはやらねぇから（笑）！　メリットじゃないわけですよ。でね、そこが1泊200ドルとかするんだよ。200ドルですよ。80幾つ掛けてよ（笑）。1万6千円とかですよ、高いでしょ。日本で1万6千円っていったら相当なとこでしょ、女性が付いてくるようなところでしょう（爆笑）。まぁまぁ、女性のランクは、限られるかも知れないけど（笑）、少なくともそういうところじゃない？　毎回そこでね、なんかね200ドルぐらいすると、全然、金ないから、「すいません。もうちょっと安いとこはないですか？」って、宿泊代、ボクが払っているんですよ。毎回高いから、「ちょっと安いところないですか？」って、言ったら、

「分かった。あの会場の近いとこ探しとくから」

って、見つけてくれたところが、1泊25ドル（爆笑）。安すぎるのよ。何で、あいだをとれねぇんだ（笑）。1泊25ドルですよ。……千円幾らよ、2千円以内よ、日本で2千円以内っていったら、もう、日本人が泊まるとこじゃないじゃん（笑）。片や女性が付いてるホテルで、片や日本人が泊まっちゃいけないところよ。もう、凄い両極端で、「そこだ」って行ったら、なんかね、何人部屋だっけかなぁ、12人部屋（笑）、一つのベッドがオレのだって言うのよ。

「えっー？」と思って、でも、「いいんだ、ここは、いいんだ」と、いっぱいある部屋の中で唯一、ベッドにカーテンが引けるんだ。「それ、売りになってないだろう」と、思うんだけど、「えー、嫌だなぁ」

と、思ったけど、しょうがない。もう、言葉も通じないし、そこしかないっていってね。それでフロントの人がね、宿の周辺のことを話してくれた。

フロントの人が言うには、「ホテル出て、左には絶対行くな。右だったら大丈夫だ」って言うから、「左に行かないで」って、何、その地域（笑）？　左に行っちゃいけないって言うんですよ。とにかくホテルの部屋から出ない、……自分のベッドから出ない。で、もう常に臨戦態勢。だから、着替えてくつろぐとかじゃないですよ。もうこっちには、扇子持ってさ（爆笑）。いつでも、目を突けるように、他に長物持ってないからさぁ（笑）、扇子ですよ。リュックとかも全部背負ってさぁ、毛布被ってさぁ、目だけ出して（笑）、「来たら殺るぞ、殺るぞ」みたいな、もう本当怖いのよ。

で、夜になると、本当なのね。通りがあって、右に出ると大通りがあって、左に出ると、なんか小さい路地がいっぱいあるのね。右に出ると明るい、左に出ると暗い感じですよ。月曜にもかかわらず、夜中から朝まで、「フ×ッキン！　ナントカ」が、ずっと聞こえてくる（爆笑）。「なんだ？　おまえら、言葉の頭に「フ×ッキュー」を付けないと喋れないのか（爆笑）？　っていうくらい「フ×ッキュー、フ×ッキュー」って、煩ぇのよ（爆笑）。それは、「フ×ッキン奉りますたてまつ」だよね、あれね（爆笑・拍手）。落語でいうところの。丁寧に言うと、「フ×ッキン奉ります」みたいなことよ。とりあえず、「フ×ッキン」が付くわけよ。「フ×ッキュー、フ×ッキン、フ×ッキュー」って、「凄ぇなぁ」と、思って。で、ちょっとぐらい覗いても、「面白いかなぁ？」と、思ってねぇ。「ちょっと覗いて、パッと出て来たら大丈夫かな？」って、思ってね。それぐらいの冒険心はあったんですよ。だってベッドで、ずっと毛布を被ってんのよ（笑）。それに比べたらまだ健全じゃんよ、ちょっと見に行ったほうが。だから「行こうかな」って行ったら、ロビーのところに大人数が居るのよ。椅子があるのに、椅子に座らないのね。なんか車座みたいになって、屈強なオージーとかね、あとは黒人みたいのとか、もういろんな国の奴らがそこで車座になってさ、酒盛りしてんのよ。

「ヤべぇ」と思って、そこを通らないと外に出られないわけよ（笑）。もう、だからホテルの中がもう危険地帯なわけよ（爆笑・拍手）。「部屋から出ちゃいけないのかなぁ」と、思って、「ヤバい」と、戻ろうと思ったら、向こうのほうからね、

「ヘイ、ジャップ！」

って、聞こえてきたの。一応、「フ×ッキン、ジャップ」ぐらいは分かるからね、オレだって。「ヘイ、ジャップ」って言われたから、「オレだ」って、思ったけれど、目を合わしたりすると絡まれるから、「やめとこう」と、思ったら、向こうから、

「大麻ぁ、やる～？」

「ええっー！」（爆笑・拍手）

パッと見たら、黒人が、

「大麻、やる？　大麻ぁ！　大麻、やる？」

もう、目が血走ってんのよ（笑）。「ヤべぇ」と、思って、あとでフロントの人に訊いたら、日本人もたまに泊まりに来るらしくて、そこでその日本語を教わるらしいのよ、皆。だから、オレが日本人だって分

かったんだよね。

「ヘイ、ジャップ！　大麻やる？」

あいつら、車座で大麻やってんのよ。超ヤベぇじゃん、そんなもの（笑）。「いやぁ、絶対やめとこう」と、思って。もう、ベッドに戻って、扇子を構えて、「絶対やんねぇぞ」（爆笑）。オレの持ってる扇子は、拳銃にもなります（笑）。もうこんなところ絶対いられないと思って……、2泊しましたからねぇ（笑）。もう行くもんかと、思いました。皆さんも気を付けたほうがいいですよ。そういう安いところ絶対泊まっちゃダメ。黒人が、「大麻やる？」って言って来るからね（笑）。いや本当に、（大麻を）やったか知らないですよ、日本人に、「タバコは、大麻だ」みたいなことを教わったのかも知れないし、そりゃぁ、本当は分かんない。

向こうで聞くと、自分でやる分を持っているのは、いいらしいです、大麻は。友達にあげるとかだと、違法になるらしいんですよ。もう、線引きが分かんないよね（笑）。だからシドニーに行くと、あのトイレにね、注射器入れがあるんですよね。注射器入れっていうのは、インシュリンを打つ人と、あとは薬をやる人用にあるんだって（爆笑）。凄いでしょう？　薬を注射器でやるってさ、相当な奴じゃん。まだ大麻のほうが、マイルドな奴じゃん（笑）。要は注射器を、その辺に置かれて、それでその血液を経由して感染するぐらいだったら、ちゃんと管理しましょうっていう考え方。……いやぁ、管理じゃねぇわ（笑）！　バカなのね。基本的にオーストラリアは、バカなのよ。

線引き間違っているでしょう？　で、もうタバコなんかも凄く規制しているわけですよね。で、値段もどんどん高くして、パッケージなんかも、もう顔が溶けているようなね、凄い写真のっけて、「タバコは危険です。タバコは危険です」、「もう、タバコ吸っちゃいけません」って言っているくせに、街中にゴミ箱がいっぱいあるのよ。その通りに、全部灰皿ついているの（笑）。そのゴミ箱の脇だったら、いくらタバコ吸ってもイイみたいな、……変でしょう？　あいつら、基本バカなのね（笑）。だからオーストラリアのアマゾンに、ボクはアカウントを早速作りまして、日本の商品をオージーに、高値でガンガン売りつけてやろうと思っているのよ。儲かるよ、これぇ。あいつらバカだからさぁ、絶対いける。これ乗るならいいよ（笑）、乗るなら今、本当に。今こそ勝負するとき。人生で1回や2回、皆さん、勝負するときあると思う。今ですよ、それは。預けたほうがいいよ、オレに（爆笑）。未だ、そのセミナーやるのか？

メルボルンが終わって、次が……、ああ、次に行く前に、メルボルンでそれこそ、「総領事に、挨拶してくれませんか？」なんて言われて、わざわざ領事館に行ったんですよ。

多分ね、世界で初めてだと思う。バックパッカーが泊まる部屋から、直で領事館に（爆笑）。パスポートを失くしたわけでもないのに。バックパッカーの宿から行ったのオレが初めてだと思う。向こうの人が皆、背広着てさ、メルボルンは大きい都市ですからね、もう受付の人は、ピシッとしているわけですよ。

で、日本から落語家の真打が来る。さぁ、なんか凄く物々しいんですよ。「どうぞ」って、言われているオレがさ、大きいリュックしょってさ、ワークマンの格好で、「どうも、すみません」みたいな（笑）、無理、ダメなんじゃねぇ？　みたいなのが入ってきて、領事館のエライ人と話をするんですけれども、ずっとビジネスの話……、

「こっちで落語演って、こういう機会はなかなかないですから……」

「本当にね、このメルボルンに、日本人たくさん来てもらいたいと同時に、そのメルボルンからね、日本の文化とか、そういうのをどんどん発信していきたいんです」

って、言うから、

「でもボクは、落語を英語で演るつもりはないので、英語で落語をっていうなら、弟弟子にいるので、それを紹介しますし、他に何か日本製品とかもあるじゃないすかぁ……」

「そうなんですよ。そういうのをね、もっとこのメルボルンの人たちに……」

「売りましょうか？」(笑)

「そういう仕事も、やられているんですか？」

「ええ、やってんですよ。実はね、ほら先日オーストラリアのアマゾン開いたでしょう？」

「開いたんですか？」

「知らないンすか⁉　オーストラリアで、日本の製品を売ろうとしているんでしょう？　それなのに、世界的なアマゾンがオーストラリアでね、オーストラリアに向けて世界各国の商品を売れるってことを知らないって、あんた本当にエライ人……」

オレ、もう、堂々とよ(笑)。

「それ間違っているんじゃないですか？　あんたたちみたいに大企業ばっかり相手にして、それでね、庶民の目線がないからそういうことになるんですよ」

「（エライ人）大変、勉強になりました（深々と頭を下げる）」（爆笑・拍手）

やめて、やめて、そこ突っ込み待ちだったのに、本気にしちゃったよ。もう、しょうがないからねぇ、もう、シビアなビジネス談義ですよ。

「そうじゃない、あなたたちは大企業をねぇ、言ってみたら1回の仕事で、何千万とか何億とかやろうとしているでしょう？　違う。庶民ってのは、そういうもんじゃない。今、ここにいる日本人が、オーストラリアに、日本のどの店に来て欲しいか、知っていますか？　百円ショップなんですよ。日本で、こんな便利なものが、こんなに安く売っている。それを知っているのは、日本人なんです。オーストラリアにはそれがない。だから、それが欲しいって言っている声を、あなたは聞けていますか？」

「（エライ人）あっ！　大変、勉強になりました（深々と頭を下げる）」（爆笑・拍手）

「あ、オレ、この人、騙せるなぁ～」と、思っちゃいましたよ（爆笑）。

こしら、海外留学へ⁉

２０１８年７月５日 お江戸日本橋亭『こしらの集い』より 休憩中

【まくらの前説】

ＰａｙＰａｌ…… ＰａｙＰａｌは、電子メールアカウントとインターネットを利用した決済サービスのことで、ＰａｙＰａｌアカウント間やクレジットカードでの支払い、口座振替による送金を行う機能がある。

ＩＰアドレス…… インターネット・ネットワークにおいてコンピュータを識別する番号のこと。ＩＰアドレスだけで個人情報が特定されることはないが、インターネットに接続をするための必要な情報は接続先に知られ、地域がある程度特定される。ただし、バーチャル・プライベート・ネットワークを使用して、ＩＰアドレスを偽装すれば、世界中のどこにでも移動できる。

志の春…… 立川志の春。帰国子女で、イェール大学卒業後、三井物産に入社し鉄鉱石を扱ったが、立川志の輔の落語で衝撃を受け、２００２年10月に志の輔に入門。２０２０年４月に真打昇進。英語で落語を演じる落語家のひとり。

……あっ、凍結されたんですよ、また口座が（笑）。凄ぇね、凍結する頻度が凄いんですよ。とりあえず、口座が凍結されたものと、皆さん思ってください。オーストラリアから現金を、政府に内緒で日本に送る裏ワザをしまして（笑）、そのときに口座を凍結されて困ったと……。

弟子に口座の凍結を解決するために（笑）、

「ちょっと、おまえ、英語が喋れる男をブッキングしろ」

ビックリしましたね、落語会終わってすぐですよ。あいつ、元々やっぱり広告代理店に勤めてたから、いろんなコネがあるんでしょうね。落語会が終わったら、楽屋口の前に、知らない男が立ってて（爆笑）、

「誰ですか？」

「……木村君に呼ばれてきました」

かしめの本名ね（笑）。

「……あぁ、あ」

で、かしめが、

「あの、英語を喋れる人を、あの、呼びましたから……」

早ぇな、おまえ（笑）。そこまで破門になりたくなかったのかなぁ（爆笑）。

「じゃぁ、じゃぁ、ちょっとお願いします」

「いったい私は、何をすればいいんですか？」

「あの、ボクの本名、若林大輔なんですよね。あなたが若林大輔になりきって、今から電話しますから、ここで、上手く受け答えしてください」

「何をすればいいのか？」

分かんないわけですよ（爆笑）。

「そんな難しいことじゃないですから」

って、言って、要は、ＡＮＺっていうオーストラリアの銀行、ここのサポートセンターに、「このアカ

ウントは、間違いなくわたしのアカウントです」というね、そういう証明をしてくれればいい。で、その証明って何かっていったら、結局ね、電話した結果、あなたに間違いないですね？　はい、パスワードなんですか？　パスワードはこれです。はい。オーケーです。はい、解除します。「緩いな、おまえ！　そんなんで、いいのか」って程度だったんですよ。それが、ボク、英語が全然出来ないから……（笑）。

かしめが呼んで来た謎の日本人にやってもらって（笑）、無事、解除ですよ。「解除します」って、5分後には、もう、入れましたからね（ほうー）。そんな緩いんだったら、誰でも良かった（笑）。でも、解除されたんで、解除されたら、どうなるかっていうと、オーストラリアにある現金、これをオーストラリアにいる知人に送るわけです、ね？　知人の銀行口座に。そうするとその人が、その額に応じたビットコインを買って、ボクに送ってくれる（笑）。そのビットコインを、日本円にすると、ほら（笑）、……政府が気がつかないお金のやり取りというのが、これ完成するわけですよ。ね。ビットコインが日本円になっちゃったわけですから……。残念ながらそのとき買ったビットコインより、さらに今、下がっている（爆笑）。今、替えるわけにはいかない。もうちょっと待ってからじゃないと、日本円に出来ないわけなんですけれど、まぁ、そんなことがあってね。まぁ、目処はついていますから、これは大丈夫だ。

だって仮想通貨にしちゃえば、あと日本円にするのは、もう日本国内で出来ますからね。これはボクの業務です。「ようし、来た！」と、思って……。「これからは、これでいける」と、思っていて。で、オーストラリア公演のギャラは、ウチの会社のＰａｙＰａｌのアカウントに振り込まれます。それは何故かというと、ＰａｙＰａｌの送金が、一番安く済むからと、向こうの人が言ってくれてね。

「じゃぁ、ウチの口座で、ＰａｙＰａｌのアカウントを作りますから、そこに振り込んでください」って、言って振り込まれた、結構な額ですよ。家が建つぐらいの額ですよ（爆笑）。まぁ、本気にする人は誰もいないと思いますけれども（笑）。そんな額貰っても、困るからね。これはオーストラリア・ドルのＰａｙＰａｌに入っているわけですよ。ＰａｙＰａｌの中で日本円に両替することも出来るわけです。面白くないでしょ？　それをオーストラリア・ドル。……「待てよ」と（笑）、ＰａｙＰａｌからオーストラリアの銀行に、直接送金出来れば、これまたビットコイン作戦で日本に入れられるじゃないですか（笑）？　と思って調べたら、日本で作ったアカウントのＰａｙＰａｌっていうのは、日本の銀行か、アメリカの銀行としか紐付け出来ないんですよ。ね？　だから、これ使えないんですよ。アメリカに送って、みたいになっちゃうから……。「弱ったな」、……だから、オーストラリアで作ったＰａｙＰａｌだったら、オーストラリアの銀行と紐付け出来ると。よし、とこっちはもうＩＰアドレスを弄るのは、得意だからさぁ（爆笑）。国内に居ながら、オーストラリアからアクセスをさ、さも、しているような感じでね。出来るわけですよ。オーストラリアのＰａｙＰａｌでアカウント作ったら、見事。「あなたのオーストラリアの住所はなんですか？」って、出てくるわけですよ。「そんなん、適当だぁ、バカ」みたいなね（笑）、打ち込んだ。そうすると、

「あなたの取引銀行はどこですか？」

「よし来た！」

ここは間違えない。ドンドン進んで行くわけですよ。アカウントが出来たわけですよ。とりあえずちょ

っとだけ送金してみようってね。10ドルだけ、日本のＰａｙＰａｌから、ボクは別に作ったオーストラリアのＰａｙＰａｌに10ドル送金して、その10ドルを銀行に入れてみたんです。スムーズに入りますよ(笑)。「来たぞ！　遂に来たぞ」と、これからはオレの時代だと(笑)、お金を回すことによって、お金を増やせる。これこそ芸人の生き方だと思います(爆笑)。……違うのは、誰もが知っているんだ(爆笑)。

日本に振り込まれた大金をですよ、一気にオーストラリアのＰａｙＰａｌにガァーンと、送ったんですよ。送った途端ですよね、

「大量の入金が確認されましたので、本人確認が済むまでこれはロックします」(大爆笑)

「えーっ！」って、なって。10ドル試してみたのが、失敗だったのよ。あれ１００ドルとか千ドルとかで試せば、ロックが掛かるのは分かっていたのに、少額だからロックが掛からなかったんですよね。大金を送ったから、ロックが掛かっちゃったわけですよ。「ヤべぇ、どうしよう？」と、思って、グーグル翻訳を使いながら進めていくわけですよ。

そうすると、「あなたの住所は？」ってのがあるから、万が一のこともあるからね。オーストラリアで銀行口座を作ったときに、住所を貸してくれた人がいたから、その住所を打ち込んでいったんですよね。それはオーケー。何の審査も無くてね、オーケーになったんですよ。また。次を押したら、「次のうちから選んでください」って、いう。その選ぶ項目が、全部オーストラリアのＩＤがないと、先に進めない奴なのよ。

運転免許証とか、保険証とか、「そういうのを、打ち込んでくれ」って。……何も持ってないじゃん。

とりあえず、適当に数字入れてみたんです（笑）。やっぱ、撥ねられるのね（爆笑）。そこまでの運は、無かったのよ。で、今のところ、そのIDがないと、そのボクが作ったオーストラリアのPayPalの口座っていうのは、凍結されているわけですね（笑）。

……これ、どうします（爆笑）？　お金ぇ。これ世の中から消え去るお金ですよ（笑）。びっくりするでしょう？　そんなことってあるんですよ。皆さんね、儲けようと思っちゃダメですよ（爆笑）。堅実に生きなきゃダメです。世の中、そんなに美味い話は無いのよ。ねぇ。

ボクを通して、皆さん生きてください（笑）。儲かる話とか、世の中に無いから、基本的には（笑）。「あ〜ダメだなぁ」と、思ってねぇ。オーストラリア公演のギャラ、無い、何の意味も無いオーストラリアのPayPalのアカウントだけが存在している。どうにか、引き出せないかなと思ってね。今、いろんなカードを紐付けしようとしたんですけど、やっぱりオーストラリアに住んでいるっていう資格がないといけません、と……。

今、考えているのは、一応、学生ビザを取る……（爆笑）。段々壮大な話になってきました（笑）。オーストラリアの学生ビザを取って向こうに行くと、それでもちゃんとしたIDを発行してくれない。ただ、その学生ビザを取ると、何が出来るかっていうと、オーストラリアの正式な運転免許を手に入れられるらしいんですよ。で、この免許証っていうのが、IDの代わりになりますから、突破出来るわけですよね。ただ、学生ビザを何のために取るのか、その凍結されたアカウントを解除したいがためなわけ。で、調べたところ、凍結されたアカウントに入っている金額と同じくらいかかるんですよ（爆笑・拍手）。これ、何のためにやっているのか（爆笑）。ただただ、無駄なことをやったみたいなんだけれども、でも少なくとも、オーストラリアの学生の権利は、ボク持てるわけです。うん、だとしたら、そこで何かのビジネスチャンス見つけて（笑）、……これがボクの生き方でしょう？　となると、近々、ボクが学生ビザを取って、オーストラリアに行く可能性がある。って、言っても学生ですからね、学校に通わないと、そのビザって失効するらしいんですよ（笑）。「来ていませんよ」ってなっちゃう。だから、オレ、通わないといけないんです（爆笑）。オレ、何している（笑）？

オーストラリアのなんか英語学校みたいなところに、通わなくちゃいけないのかなぁと思って。もう困っておるんですよ。どうします（笑）？　通うことになったらもうペラペラになって帰って来ます（笑）。「英語が出来ないんですか、皆さん？　あのね、志の春の演ってる英語落語は、甘いんスよね」（笑）みたいなことを、言えるね。そこへ行ったらね。

「だって、こっちは現地の学校で学んでいますから……」

みたいなね。行こうかなぁって思っていますけれども。

だけど、分からないんですね。一難去ってまた一難ですよ（笑）。何一つ、とんとん拍子に進まない（爆笑）。言ってみたらね、そこまで大金ではない。にもかかわらず、こんなに足止めを食う。うん、オレの人生だなぁと思ってねぇ（笑）。余計なことをしなきゃいいのよ。そのＰａｙＰａｌに入っているオーストラリア・ドルを普通に日本円に両替しちゃえばよかったんだから（笑）、それでいいの。皆さんは、そこが限界でしょう？　オレは、違う。選択肢があるから（笑）。いろんな手を試せるわけです。試した結果、こういうことになった（爆笑）。これは、やっちゃいけませんよって、皆さんが分かるわけでしょう？　これが先駆者の生き方よ（笑）。

やってみてダメだったら、発表するんです。皆さんは、危なくない道を歩いてください。危ないかどうかは、オレが判断するから（笑）。……誰にも、求められていない情報でした。そういうこともあったりするんで、気を付けていただければなぁと、そういう風に思います。

高校生へ、贈る言葉

２０１８年９月７日　お江戸日本橋亭　『こしらの集い』より

高校で、「講演してくれ」って言われて。凄いっすね、高校２年生。なんかね、そこそこ良い高校らしいんですよ。そこで「講演してくれ」と、

「何を喋ればいいんですか？」

「何でもいいです」（笑）

「何でもいいって……」

「いや、お任せしますから……、あの、校長には何かあった場合、私が謝れば済むことです」（爆笑）

何でもいいんです。

本当に何を言ってもいいんだぁと、思ってね。そこで、「未来はこうなる」と、ね？　未来はモノを覚えなくていい時代だと、要は正しい情報ってのは、全部クラウドにあるんだから、その正しい情報にどうやって辿（たど）り着けばいいかという、たくさんの選択肢を君たちは持つだけでいい。記憶するっていうのは、もう、機械のコンピュータに任せちゃえばいいから、人間は、もっとクリエイティブなことをすればいいんだよ。今、勉強しているのは、全部無駄なんだぁー（爆笑・拍手）！　って、話を、延々としてきました。やっぱり中には賢いのが居るからね、

「いや、記憶するのは。無駄かも知れないですけど、それこそ数学とかを計算するのは、まだまだ人の力が……」

「バカじゃねぇ？　今、おまえ、画像認識でね、それこそ海外の看板を撮ったら。それを自動的にね、そこで日本語に翻訳するんだよ。データをクラウド化してクラウドで処理させて、その結果を反映させて、人の手元の端末にって時代なんだから、そんな数式なんてカメラで撮りゃぁ、スッと答えを送ってくる時代が来るんだから、人間が計算するより、よっぽど賢いんだから、なおさら勉強する必要はないんだ」

「ああっ！　なるほどそうなんですね」（爆笑・拍手）

そういう話を延々としていたら、段々、校長先生の顔が、……（苦虫を噛み潰したような表情）って顔をするわけです（爆笑・拍手）。そんな顔しても、関係ない。40分間ね、結構盛り上がったんです。終わったあと、校長先生から、

「……ウチの生徒が、あんなに嬉しそうな顔をしているのは初めて見ました」（爆笑）

「（指さして）だろ？　だから、言ったろ？」

「……あのう、『だろ？』って、誰に言っているんですか？」（爆笑）

そこは、許してくれないんだ（笑）。もう呼ばれないと思います（爆笑・拍手）。

時代によって「格好良さ」の基準は分からない

２０１８年10月5日　お江戸日本橋亭　『こしらの集い』より

芸人の不用意な発言が叩かれる今のほうが、正しいのかも知れないですけれどもね。「芸人だから、まぁ、これはだから、しょうがないだろう」って、言ってたほうが、ひょっとしたら文明としては劣っていたのかも知れないですけれどもね。

「芸のためなら……」なんてセリフなんて、凄いですよ（笑）。それがある程度ヒットしちゃうわけじゃないですか。それを「格好良いなぁ」と、言ってた時代があったんですよ。今は、そういう時代じゃないってことは分かる。やっぱりその時代によって「格好良さ」の基準なんて分からない。今だってねぇ、江戸っ子の「宵越しの銭は持たない」っていうのを、「格好良い」って言う人は居ますか（笑）？　居ないでしょう？　「貯金して」でしょう（爆笑）？　お願いだから、貯金して（笑）。「もう、閉店までパチンコやってないで！」ってことじゃないですか（笑）。そう、昔、パチンコがあったら、江戸っ子は、皆、パチンコ屋に行ってたでしょうね（笑）。宵越しの銭は持つわけにいかないんだから……（笑）。「太く、短くだぁ」なんて、なんてやっていたんでしょうけれども、今のダメというような人たちを、「格好良い」と言った可能性があるわけですから、その時代に合わせたものを考えていく、そういうことなんだと思いますけどもね。

あっちこっちでね、落語会をやったりするわけですけれども、今度また沖縄でやったり、今年の年末は、ニュージーランドでやったりとかね、本当にあちこちでやってたりします。何が凄いってねぇ、もう段々落語を演らなくてもいい感じになってるのよ（笑）、どの会場も。なんかもう、「不要です、落語は」みたいな感じで、「ああ、これでいいわぁ」って思うんですよね。もうね、お爺ちゃん、お婆ちゃんばっかりの会場がね、ドンドンなくなるのね（笑）。それに比例して何が起こるか分かります？　ドンドン金がなくなるの（笑）。やっぱり、年寄りは凄ぇわ。年寄り相手に演ると、金になる（笑）。ちょっと来年からは、……少し年寄り向けも増やす（爆笑）。何で、オレ、今、懐事情を急に喋りだすんだ（爆笑）？

そんなことがあったりしますからねぇ。来年は、「こしらの会だ！」って、行くと、もう散々な目に遭います。もう、ズゥーッと小噺しか演ってないような……（笑）。そんなことになったりしますんでね、気を付けてね。この会まで足を運んでいただければと思います（笑）。まぁ、どこに行っても通用するっていうのはね、これ凄ぇなぁと思いますよ。誰もが楽しいんですよ。出来るんだよね、そういうのが。誰もが楽しいんだけれども、客席にオレが居たとしたら、それは「誰もが」には、ならない（笑）、オレが楽しくないと思うから。もう、皆が笑ってる時点で、「ケッ！」って、思うんです（爆笑）。何で、オレ、こんな捻くれちゃったんだ？　オレ、絶対、親に虐待されていて然るべきだよね、うん。されてないのよ、これが。「何があると、こんなに捻くれちゃうんだろう」と、思ったりしますけれどもね。いろんな仕事をこなしつつも、ここはベースでやっていきたいと思っておりますので、……フフフ、何かもう終わったみたい（爆笑）。これから、一席演ります。

『品川心中』の一席を聴いていただければなぁと思います。……品川での、出来事ですよ……（笑）。当たり前だよね、『品川心中』って、言ってんだから（爆笑）。そうなんです、心中がテーマになっているんです（笑）。そんな噺を皆さんに聴いていただければなと思います。

「江戸っ子は、五月の鯉の吹き流し、口先ばかりで、腸は無し」なんてことを申しまして……。

『品川心中』へ続く

オレの凄い才能について

2019年11月5日　お江戸日本橋亭　『こしらの集い』より

【まくらの前説】

永谷……　永谷商事株式会社は、日本の伝統芸能を上演するための演芸場を、東京都内の上野広小路・日本橋・両国・新宿の4ヶ所所有している。立川こしらの『こしらの集い』も、永谷商事が所有するお江戸日本橋亭で長らく開催されていた。

広瀬さん……　広瀬和生。雑誌編集者・音楽評論家、落語評論家、プロデューサー。ヘヴィメタル系音楽雑誌『BURRN!』の二代目編集長。無類の落語好きで、2008年頃からは落語関係の著作の出版が相次ぎ、落語評論家として広く名を知られることになる。見込んだ落語家の落語会はチケットを自費で購入して入場することから、落語ファンからは、「広瀬氏が客席に居る落語会は絶対に面白い」とまで言われる。赤く染めた長髪が特徴的な風貌。

今日ね、来場者に限り、先行発売させていただきましたけれども、『志らく・こしら親子会』が、なんと1月に急遽決定ですよ。ビックリしましたね。毎年ねぇ、一門会ってやっているんですよ。で、この毎年やってる一門会が、去年からリニューアルしまして、真打と志らくが組むときは親子会で、そうじゃないときは、二つ目と前座が交ざるみたいな感じの一門会と決まっていたんですよね。

で、ボクは忙しいから、一門会のことをすっかり忘れていたんですよ。……やっぱね、まめな志ら乃が、「前座さん、一門会はどうなっている？」と……。そういうスケジュール調整は前座がするということになっていましたから、そういうのを一門にメールをして、一斉に流したとしたら「あ、今すぐ取ります」ってなった。志ら乃が言わなかったら、今頃多分、来年の1月になって、「おい、一門会やってないんじゃねぇ?」みたいな（爆笑）、どれだけ盆暗(ぼんくら)な一門なんだ（爆笑）。志ら乃、……本当に、あいつ、居なきゃいけないね、一門には（笑）。慌てて前座が急にスケジュールを合わせ始めて、師匠のスケジュールと、永谷（商事）に問い合わせたんでしょうね。

この日本橋亭のスケジュール、1年間がザァーッて、出てきたんですよ。1年間ね、毎月毎月の日付が、……ビックリ。全部、オレの会の前後なの（笑）。「おいおいおい、マジかよ」と、思ってね。なんなら、2夜連続でやっちゃう? みたいな……（笑）。

「師匠のスケジュールかぁ」なんて、思ってね……。流石にウチの師匠と二人会で、このスペースはさ、だってオレ、毎月演っていて、もうだいぶお客さんは入ってんじゃん。だから毎回、言ってんの、「友達連れて来るな」って（笑）。これ以上入ると、会場を広くしなくちゃいけなくなっちゃうから、これがちょうどいいんですよ。把握出来るというので（笑）、ね? あのう、例えばですよ、今日ね、一門会のね、「親子会のチケットを販売します」って言って、この会でしか販売しないんですけれども、これがもっと知名度が上がってきたりとか、もっとお客さんが多く入る場になったりすると、混乱するわけよ。

今日も皆さんに並んでもらいましたけれども、うしろのほうに並んでいる人が、

「（女性の声色で）ええっ! 何で先に買わせてくれないのぉー（笑）? 同じ権利でしょう?」（爆笑）

ごめんなさい、ボク、女性に対して悪意があるので（爆笑）、大抵、こういうのは女性の役になっちゃ

うんですけれども、ボクのイメージが女性なだけなんですよ。
「冗談じゃ、冗談じゃないわよぉ！　何で、何で、一番前の、赤い髪の男が先なのぉ（爆笑・拍手）？　あれは誰なのぉ？　あんな汚いのより、私のほうが先よぉ！」（爆笑）
そういうのが、現れ出すわけですよ、大勢になって来ると。でも、これぐらいだと、皆、分かっているから、
「あっ……、どうぞお先に……」（爆笑）
皆が、ちゃんとそういうのを分かっているからね。初めて来た人も、空気読まなくちゃいけないって、雰囲気になるじゃん、これくらいの人数だと。「ヤべぇんじゃないか？」みたいな空気に。……そうじゃなくて、それこそ大きいホールとかでやると、
「（女性の声色で）何で、私が後回しなんですか？　お金を払った権利は一緒でしょう！」（爆笑）って、奴が出てくるわけよね。でもこれぐらいだと、皆が、
「『BURN!』の人だよ」（爆笑）
もう、それぐらいだと、ありがたいですけれどもね。広瀬さんなら、普通じゃなくていいわけよ。「いいです。楽屋から入ってもらって、指定席に座ってください」（爆笑）
それは非常に目立ちますけれども、わざわざさぁ、並んでくれて入ってくれているわけですよ、それこそ、二つ目から見てくださっている方もね、この中に数名いらっしゃるかも知れないんですけども、貢献度合いが違うでしょ、それは（笑）？　一般のお客さんと一緒に出来ないですよ。だって、広瀬さんが、

ナントカって雑誌に、こう書いてくれたから……、ごめん、オレ、あんまり恩と感じてない、今の（爆笑）。多分、（週刊）ポストか何かだったと思いますけれども（笑）。そこに、「こしらが面白い」って、書いてくれたから、皆がこうやって来てくれるようになったわけで、広瀬さんがいなかったら、本当にZOZOTOWNとかやったかも知れないですよ（爆笑）。広瀬さんのおかげなんですよね。広瀬さんは客席に座っているけども、違うのよ（笑）。「一緒だ」と思っちゃダメだから（爆笑）。まずいよ！　広瀬さんは本当に原稿書く人だから（笑）、

「『こしらの集い』に行った。××っていう客が酷かった」（爆笑・拍手）

この人に悪口言わすと、全方向に言うからねぇ（爆笑）。気を付けてねぇ、本当にね。アッハッハ、アレ、おかしいよね、広瀬さんを持ち上げようと思っていたのにねぇ（爆笑）、アッハッハ。

そんなことがあったりするからねぇ、まぁ、このぐらいのサイズだとね、皆さんが分かってくれるわけですよ。こっちがね、「こうしたいんだけど」っていうのを、察してやってくれるじゃないですか。だからねぇ、それこそ、ウチの師匠みたいにワイドショーとか出始めると、絶対に居るよ、

「（女性の声色で）何でぇ（爆笑）？　おかしいじゃないですか？　主催者出してくださぁい！」（爆笑）

「オレだけど……」

みたいな……（笑）。なんかこの場合は、本当にあの、苦情も殆どないし……、だってこの会で苦情を言うような人は二度と来ないから（爆笑）。ね？　苦情もないしね、もう皆で楽しく出来てるわけなんですよ。

だから、もう余計な人は、もう、入って来なくていいんです。

「一日も早くね、あの志らくさんみたいな芸人を目指して、頑張ってくださいね」

と、言われると、……あそこ目指したら大変よ（笑）。オレね、ウチの師匠よりも才能があるんですよ（爆笑・拍手）。違う、違う、違う！　ちょっと、そこは違うよ。いろんな意味の才能の中で、ボクが師匠よりも秀でているのが、ちょっとヤバい人を引きつける才能（爆笑）。前からそうなんですよ。前座の頃よ、お客さん3人のうち、2人がヤバかったからねぇ（爆笑）。それくらい才能があるんでね、だからもうウチの師匠の比じゃないぐらい、主催者が大混乱に陥るだろうなぁと……（笑）。

この会はね、これぐらいのね、スペースでやっているのが一番だなぁと思いますから……。だからねぇ、皆さん、あれですよ、友達を呼ぼうとしたら、その友達がライバルになるわけですから、ね？　皆、オレに抱かれたくて来てるんだよ（爆笑・拍手）。だって、

「私の彼氏を紹介するね」

って、友達に紹介して、その彼氏は友達を抱こうとしているわけよ。友達を紹介すべきじゃないでしょう（笑）？　えっ？　何で伝わらねぇの（爆笑・拍手）？　凄ぇ、冷ややかな目で見てる（笑）。40過ぎて、何を言っているんだ？　いいですよね、その辺もね。

こしらと呪術野郎との戦い

２０１９年12月６日　お江戸日本橋亭　『こしらの集い』より

【まくらの前説】

ニュージーランド……　南西太平洋のオセアニアのポリネシアに位置する立憲君主制国家。首都はウェリントンで、最大の都市はオークランド。

グーグル翻訳……　Ｇｏｏｇｌｅが提供する翻訳サイト・翻訳アプリ。話した言葉を、選択した言語に瞬時に翻訳する音声翻訳機能がある。

将門……　平将門は、武士であり、桓武天皇の血筋を引く。９３９年に起きた「平将門の乱」で、自らを「新皇」と称して天皇になることを宣言し、東国の独立を標榜して朝敵となるが、２ヶ月たらずで藤原秀郷・平貞盛らにより討伐された。東京の大手町にある将門塚は、昭和の終り、小説『帝都物語』で採り上げられると広く知られて「東京の守護神」として多くのオカルトファンの注目を集めるようになった。

そうなんですね、先日、ニュージーランドに行ってきました。その話をと、思ったんですけれども、今日はちょっと長くなるかも知れないので、ニュージーランドの話を、最後に時間が余りましたら演るというところで……、まぁまぁ、一つだけ演るとねぇ、日本から、まずシドニーに行って、シドニーからニュージーランドのね、オークランドという都市に飛んだんですね。で、オークランドっていうところで２公演やって、そのあと、オークランドからウェリントンっていう都市にまた行こうと飛行機に乗って、そこで１公演やって、またオークランドに戻ってきて、オークランドからブリスベン経由で日本に帰ってきたっていうのが、今回の大まかな行程なんですけれども、そのウェリントンからオークランドに帰ってくるこの便よ、ヤバかったのが。ボクが一番端に座っていて、通路側に。で、その隣にオーストラリア人とおぼしき……、まぁニュージーランド人か分かんないですけれども、金髪の女性で、その奥、一番窓際に座っていたのが、体重300キロぐらいある（爆笑）、超肥満奴で、凄ぇのよ。でね、髪なんかが、なんだろうなぁ？　もうどうしたら、ああなるのか？　分からないけれども、メデューサみたいになって（笑）、蛇みたいになっているのを、なんか、ドレッドヘアをもっとざっくりとした感じの奴。頭から蛇が出ているようなのを、頭の上でまとめているって。なんかね、ドクロとかの骸骨とか、あと何の骨か分からないみたいな（笑）のが、首にいっぱい下がっていてさぁ、なんか、もう明らかに、……呪う（笑）、呪い系のタトゥーが全身に入っているヤバい奴（爆笑）。大体さぁ、呪おうっていう人はさ、なんか、節制とかしそうじゃん（笑）？　ねぇ、呪いってすごいパワーを使うでしょう？　……クソデブなのよ（爆笑）。そのアンバランスさったらない。もう、どうやってもシートに入らないのよ（笑）。で、座ったと思ったら、肘置きを無理やり、ギギギギギってやるでしょう。そうすると、やっぱり300キロぐらいあるから、肉がさぁ、ポロン、ポロンって、上下にこぼれるのよ（笑）。で、もう、……苦しいんだろうね。「……フゥー、……フゥーゥゥゥ」、その奥で、ミシミシミシ、ミシミシ（笑）。「ウゥゥー、ヌゥゥゥー」、ミシミシ、ミシミシ。

絶対ヤバいと（笑）、これ絶対パイロット、ちょっと左に操縦桿を傾けたら、墜ちる（爆笑）。それくらい、それくらいの奴だったのよ。それで足をピタッと閉じても、隣の座席の半分ぐらいまで肉がはみ出る

のよ（笑）。３００キロぐらいあるから。だからオレの隣にいる女性が、やたらとオレに密着して来るわけ（爆笑）。で、

「ハーイ」

みたいになるから、

「ハーイ」

って、ね（爆笑）。オレは、そういう気があるわけじゃないと分かっているから、ってね。オレはほら、こっちの通路側だからさぁ、女だしね、

「オーケー、オーケー」

「オーケー、オーケー」

なんて、言ってたら、なんかオレに凄ぇ喋りかけて来るわけよ。あいつら、本気でペラペーラって言うのね（爆笑）。そうしたら、その女が急に客室乗務員を呼んで、なんか言ってて、そしたら「分かった。離陸までは、待ってろ」的なこと言ったんでしょうね、多分ね。それぐらいペラペーラでも、オレもなんとなく分かるわけよ（笑）。向こうに、もう3日ぐらいいればさぁ、……それとも賢いんだろうね、オレね（爆笑）。でもほら、こっちはさぁ、嫌な気はしないじゃん。若い女の子が密着してくるわけだからさぁ。「旅の恥は、なんとやら」でさぁ（笑）、別にこう、「こいつ、やっちゃおうか?」みたいなさぁ、……言っているだけよ（笑）。実際に手を出さないよ。と、思っても、ボクは通路側が空いているわけだから、全然ストレスフリーですよ。こっちは、イイ女が近づいて来るし、ストレスフリーだし、もう一番

いい席よ、オレは（爆笑）。女は近づきたくないかも知れないけど、しょうがないね。ちょっとその、その300キロの奴、凄いのよ。フライトアテンダントの人が、「シートベルトしてくれ」

って、言いに来たの。したら、見せるのよ、「無理だ」っていう風に（笑）。締まらないの、どんなに延ばしても。それで、延長用があるのね（笑）。延長用のを持って来て、それでも締まらないの（笑）。だから、延長二つかませているんだよ（爆笑）。前の座席を倒せないいんだもん。何故かというと、肉で埋まっているから（爆笑）。「凄ぇのに、出くわしたなぁ」と、思って離陸したらね、フライトアテンダントの人が、ボクとその女をね、「どうぞ、どうぞ」って、立たせるわけよ。で、「ちょっと、こっち来い」って言って、「前のほうに、2席空いているから、そっちに座ってくれ」って……。「えー」と、思って、オレは別にさぁ、通路側じゃん。だから別に、なんてことないわけじゃん。「オレは、いい」って、言おうとするわけだけど、ほら、……言えないいじゃん（爆笑）。なんて言っていいか、分かんないから。飛び立っちゃうと、Wi-Fi繋がらねぇからさぁ、グーグル翻訳も使えないわけよ。

もういいよ……、言われるままやろうと……。で、行ったわけよ。で、行ったら、なんかね、その女がやたら、話しかけてくる。で、その単語をね、繋ぎ合わせていくと、どうやら「オレは旦那」だと、私の。「だから2人で、ここの狭い席は嫌だから移動させてもらった。本当ごめんね」的なことを、……多分よ、多分だけども言っているわけ（笑）。でもそこにオレ、旦那の設定いらねぇじゃん（笑）。多分だけどもね。「何なのかなぁ」と、思っていて、したら、うしろから視線を感じるわけ。チラッと見ると、さっきの呪術野郎が、オレのことをジッと見ているのよ。「え?」と、思って……。呪術野郎からしたらさぁ、面白くないわけじゃん。だってオレは、関係ないじゃん。真ん中の女だけなんだから。にもかかわらず、オレも居なくなったってことは、「なんだ、あのジャパニーズ。俺のことが嫌なのか?」みたいな、「俺の近くに、居たくないから移動したのか?」みたいな感じで、オレの過剰な想像なのかも知れないけれども（笑）、凄ぇ見てくんのよ。

「嫌だなぁ、嫌だなぁ」と、思って……。もう「無視しよう、無視しよう」と、思って、ヘッドフォンつけてね。そーっと見ると、そいつが呪文を唱えているのよ（爆笑）。オレだぁ、絶対、オレぇ～? と、思って。

今、だからね、オレは凄い呪文で呪われている、あの呪術野郎の。だから、今後、あと10日ぐらいで、オレ、死んだら、皆さん証人だからね（爆笑）。今、言ったから、この話、どこでもしてないから。

アイツに、オレ、呪いをかけられて、何かちょっと違うでしょ（笑）? 「いつもと変わらねぇよ」みたいな目で見るなよ（爆笑）。いつもこんなか? オレは（笑）。今、呪われている最中ですから。その呪いを解ける方、この中にいらっしゃいましたら……（笑）。正直にね、「私、呪いを解けます」って、言われたら、オレ、多分無視しちゃう（爆笑）。「そんなつもりじゃなかった」と、帰そうと思いますけれどもね。

凄いですよ、今。アイツの呪いを一身に受けて……（笑）。でもね、これは大丈夫。なぜかと言うと、オレの背後霊が将門だから（笑）。将門は強いから。将門が背後霊に憑いているのは、オレぐらいじゃないの、日本でも（笑）。流石に将門は、2人、3人は面倒見れないもんね（爆笑）。2人憑いちゃったら、おしまいだもんね（笑）。将門対……、ニュージーランドの呪術野郎が、今、戦っているところです（爆笑）。

オレのマニアックには、誰も敵わない

２０１９年12月６日　お江戸日本橋亭　『こしらの集い』より

あとはね、本当に今年1年ずっとね、通ってくださった皆様、ありがとうございます。また来年も、同じスタイルで演りますので……。ね、毎回言いますけれども、別にもう、このサイズでボクは十分なので……、分かる人だけですよ、連れて来るのは（笑）。お友達を連れて来てもいいですけれども、分かる人だけにしてくださいね（笑）。

正直、この会はねぇ、そんなに宣伝もしないようにしているんですよ。もうだって、ウチの師匠を見てれば分かるじゃないですか。もうなんか、売れれば売れるほど面倒くさい奴に絡まれて（笑）。また、ウチの師匠は真面目だから、面倒くさい奴とちゃんと相対しちゃうじゃない（爆笑）。これぐらいのサイズだと、ボクがね、監視出来る範囲です（笑）。「アイツだなぁ、アイツ余計なことを言っているなぁ」だなとかありますと、「すいません。次回からはちょっと……」っていう風に出来る筈ですよね（笑）。これは、松之丞クラスでは絶対に出来ないですよ（笑）。もう、1人でも多くお客さんを入れなくちゃいけない、そういう時期ですから、この辺は真打の余裕と言いますか……（笑）。

このサイズで聴いてもらうに適した演り方しかやってないですから、……国立で昼夜演りますとか……（笑）、勢いのある「成金」みたいなカタチを追っかけようとは全然思わないので、このくらいのサイズでやっていこうかなと思いますんでね、分かる人だけ、来てもらえれば、もう十分だと思います。

ウチの師匠が、言うんですよ、

「お前は、落語のマニアックなお客さんの玩具(おもちゃ)にされちゃうよ。そうやってね、その落語のマニアックなお客さんの『もっと変わった演目(もの)、もっと変わった話題(もの)』に応え続けたら、お前、玩具になっちゃうぞ！」

師匠がボクにアドバイスしてくれたんですよ。

師匠は気が付いていないんですよ。逆なのよね（笑）。そりゃぁね、落語という意味では、それは敵わないよ。……広瀬和生には（爆笑）。知っているもん、凄ぇ。凄ぇ知っているし、凄ぇ観ているから、それは敵わないですよ、ね？　敵わないですけれども、違う。マニアックっていう一点では、多分、皆さんの誰でも、束になって掛かって来ても、オレには敵わないのよ、ね？　分かります？　オレのマニアックさが、皆さんによって作られたものじゃなくて、オレが作ったマニアックに皆さんは引っ張られているのよ（笑）、……え？　何の話をしていたっけ（爆笑）？　呪いのせいだ（爆笑）。呪われているから、そのうち絶対オレ、「○○死ね」とか言い出すから（爆笑・拍手）、呪いのせいですからねぇ（笑）。ヤバいなこれ、ヤバいなぁ～。

もう皆さんいい感じですね。はい、じゃぁ今日は早速ね、後半の部に移りたいなという風に思いますけどね。

身体にICチップが埋め込まれる時代

２０１９年5月7日　お江戸日本橋亭　『こしらの集い』より

【まくらの前説】

Ｓｕｉｃａ……　２００１年に導入開始。非接触型ICカードの技術を用いた乗車カード・電子マネーで、プリペイド方式の乗車券の機能をはじめ、定期券、駅売店等全国の交通系ICカード対応商店での支払いに使える。JR東日本の規約は「ICチップを内蔵するカード等に記録された金銭的価値等」と定義されている。

ＰＡＳＭＯ……　２００７年にサービスが開始された非接触型ICカードの技術を用いた乗車カード・電子マネー。

マイクロチップ埋め込み技術……　１９９８年に人体に初めてマイクロチップが埋め込まれ、10年ほど前から、決済インプラントがヨーロッパで商品化されている。

萬橘……　三遊亭萬橘。２００３年、五代目圓楽一門会の六代目三遊亭圓橘に入門。２０１３年、真打昇進。広瀬和生がプロデュースする落語会『新ニッポンの話芸』で、立川こしらとは競演していた。

今回は、新生『こしらの集い』。なんと、現金で２５００円、値上がりですよ（笑）。まぁ、危ないところでしたよね？　これ値上げたことによって、何人か来てないんですよ（……笑）。いいですか？　５００円上げると来ないって人が居るんですよ（客席から、「あー」の声）。「あー」じゃないんですよ（笑）、居るんですよ、そういう人が。だから、これ正しいマーケティングだなと思って、だから、あの、……また入りきれなくなりそうだったら、値段上げますから（爆笑）。言ってたんでしょ、友達連れて来ちゃダメだっていう風に（笑）。だから、もう、ダメなんですよ。もうこれ、いっぱいなんだから、これ以上入れようという気が、ボクはないんです。もう、皆、勘違いしているのよ。なんか大きいホールをいっぱいにするのが、あれでしょ、勝利だと思っているでしょ？　そこの勝ちを追い求めるから、どっかで頭打ちになるわけですよ。

分かっています？　日本は、少子化なんですよ（笑）。凄いところから斬り込んできましたけれど（笑）。今後、日本の人口は減っていくんですよ。にもかかわらず、もっとたくさんのお客さんと、それやっていたらどっかが頭打ちになるんだ、松之丞（爆笑・拍手）！　だから、もう、このスペースでいいんですよ、ね？

皆さんも一緒でしょ？　ボクと一緒に歳を重ねていくわけですよ。年齢が上がれば上がるほど、収入も増えてんだから、５００円ぐらいなんてことないでしょう？　まぁま、来なかった人に言っているんだけどもね（爆笑）。５００円値上げと言ったら来なくなるってね。「まぁ、いいかな」なんていう風にも思っていたりしますけれども。

今回は５００円値上げと同時に、なんと、正式に、Ｓｕｉｃａ、ＰＡＳＭＯでの支払いが出来る（拍手）。凄いです、これは。Ｓｕｉｃａ、ＰＡＳＭＯを導入した落語会が、今までありましたか？　誰もそこは目指してないから（笑）、今までなかったことをやり遂げるっていうのがね。

で、今日、Ｓｕｉｃａ、ＰＡＳＭＯ払いの方、まだ払ってない筈なんです。払った方は、何人かいらっしゃいますけれども、払ってないんです。何故か？　バッテリーが切れた（爆笑）。凄いねぇ。やっぱ、電子ってダメだねぇ、こういうのね（笑）。バッテリーが、なくなっちゃってさぁ。充電していて、その間と思ってね。まあそんなこともあったりするんですけれども。

こういうときにあれでしょ？「そういうことするから、現金が一番いいじゃん」っていう人、たくさんいるのよ。新しいテクノロジーが生まれると、その新しいのについていけないからっていって、現状がどれだけ素晴らしいかっていうことを、皆、言いたがるの、ね？でも違うじゃない。他はそれでやってれば、ウチは違うのよ。この新しいテクノロジーを、どう乗りこなしていくか、ここが見どころでしょう。入場時、払えなかったらどうする？払った人と、払ってない人を区別するために、紙を配ろう（爆笑・拍手）。凄ぇ、アナログ（爆笑）。デジタルだ、デジタルだって、こんなに言っているのに、最終的にはアナログで紙を配るって……（笑）。

もうちょっとしたら、それこそね、皆さんの身体の中にアイチーチップがね、……アイチーチップ（爆笑）？……可愛い奴が、埋め込まれるわけですよ。ＩＣチップが、腕の中に入ったりする。生体認証とかで、入場出来たりするわけです。もう名前とか確認する必要はないわけですよ。ピッとやると、ピピピって、全部出ますからね、情報が。で、こっちのほうはスマートメガネでピッと見ると顔認証で、「この人は、ナニナニさんです。今日は、こしらの会に来ました」ってみたいなことを書いてあるわけで（笑）、見れるわけですよ、エッヘッヘッへ。ですから、「ああ、この人は、萬橘のところに行っているから、ちょっと値上げしておこう」とかね（爆笑）、それでもうちょっとずつ、ひとりひとりの値段が違って、

「幾らだった？」

みたいなね、そういう話が出来ても面白いかなぁと思ったりします。最先端ですから、この会が。ある意味、最先端ですよ。だって、「Ｓｕｉｃａ払いが出来ます」って言っているのに、入場時に出来ない（爆笑）、こんな先端なことはないですよ。先月、実験して上手くいっているにもかかわらず、出来ないっていうね。何故なら、充電が切れているから（笑）。「もう、こんなこと、なかなかないなぁ」なんて、思ったりもしますけれども。

こしら流、選挙の心得

２０１９年５月７日　お江戸日本橋亭『こしらの集い』より

【まくらの前説】

２０１９年４月の政治……４月７日に11道府県で知事選挙が、４月７日と４月21日に第19回統一地方選挙が行われた。４月10日、桜田義孝東京五輪・パラリンピック担当大臣が、この日に行われた同僚議員激励会の席にて『東日本大震災の被災者等を傷つける発言を行った』として、閣僚辞職願を提出し、受理された。同日、自由党の山本太郎共同代表は、同党を離党する意向と政治団体「れいわ新選組」の結成を表明。

浄化槽のことをやる人……広瀬和生氏は、東京大学工学部都市工学科卒で下水道の研究をしていたことから。

談四楼……立川談四楼。１９７０年、七代目立川談志に入門。１９８３年、落語協会の真打昇進試験にて不合格となり、それがきっかけで師匠談志は、弟子をつれて落語協会から脱退、落語立川流を創設。同年11月落語立川流真打に昇進。日本共産党の支持者。

先月ね、こちらの会が終わってから、慌てて行ったのが選挙応援。ボクは今まで、ここでも散々言っていますけれども、選挙に行ったことがない（笑）。凄いでしょ？　投票をしたことがない。

……はぁー？　何が悪いんですか（爆笑）？　するもしないも、オレの自由でしょう？　凄ぇ言うのよ。それこそ、今から10何年以上前のラジオでね、政治の話をするってなったときに、打ち合わせで、何かね、政治評論家みたいのが居るんですよ。あれでしょうね、政治界の広瀬（和生）さんみたいのが居るんでしょうね（爆笑）。本業は多分雑誌の編集長かなんかやっているんですよ（爆笑）。まぁ、政治とかも詳しいんでしょうね。そういうのが来て、政治の話をしましょうみたいなときに、

「こしらさん、どれだけ選挙を知っているの？」

「選挙に行ったことがないですね」

って、言うと、大人が皆、「はぁー？」ってなるわけですよ（笑）。

「本当なの？」

「そうですよ」

「えっ！　何で？」

「……何で、選挙に行くんですか？」

「えっ……、これからね、政治の話をする……」

「じゃぁ、こうしましょう。何で選挙に行くのかって、話をしましょう」

「……あのう、こしらさん、10分だけスタジオから出ていてもらえますか？」（爆笑）

なんか、選挙に行かないのが悪みたいな……。「絶対言うな、ラジオで。選挙に行っていないって」っていうのを……。「NHKは払ってない」は、まだ言っていい時期だったんスよね（笑）、10何年前は、セーフな時期だったのよ。にもかかわらず、「選挙に行ってない」は、もう大悪人みたいな言い方で。今、選挙に行ってないなってことになると、もっと大変なことになるかも知れないですけども。

そういうとこでは、ボクは賢いから言わない。独演会（こういうとこ）でしか、言わない（笑）。何で選挙行くの？　逆

にあんたたちに訊きたいわ。どれだけ日本の未来のこと考えているの？　ちゃんと勉強している？　この候補者は何を考えて、何を訴えているのか、この候補者は日本の未来をどうしたいのかって、そういうところまで、皆、分かって投票行っている？　行ってないでしょう？　「蓮舫だ！　知ってるぅ～」（爆笑）みたいな、それで投票に行っているじゃない。そういうので代表者を決めるのよ、その国のリーダーを。あんた方の一票一票が、日本を変えてしまうのよ。何の勉強もしてねぇ奴が、投票したら大変なことになるじゃん。「蓮舫だ、知ってる」だけで、入れて、蓮舫は通っちゃうわけよ。こいつ、何が出来るの？この蓮舫は（爆笑）？　何にも知らないでしょう？　経済を知っているんですか、蓮舫が？　どれだけアマゾンとアップルに日本の経済が逼迫させられているか？　知っているんですか？　蓮舫がぁ（爆笑）！皆ね、分かり易いワードで、誤魔化してくるんですよ。

「消費税は、やめましょう」、……いいですよ。やめたら明日から、５％払わなくてよくなるかも知れないけれども、５％……、ん？　今、幾ら（爆笑）？　熱く語る割には、情報が足らな過ぎているんだよね（爆笑）。７か？　……10か？　まぁ、それぐらいですよ（爆笑・拍手）。でも、オレ、ＰａｙＰａｙで全部10％返って来るからさぁ、痛くも痒くもないわけよ、ね？

　少子化！　これは間違いないわけですよ、ね？　もう１人の人間が、年寄りを支える数がね、どんどん１人で何人もお年寄りを抱えなきゃいけないみたいな時代になっているのは、なんとなく分かるわけじゃないですか？　周り見ても、ジジババしかいねぇんだから（笑）。

　だから、年金貰えないジジババとかも出てくるわけじゃないですか。国にお金が足らないことぐらいは、想像つくでしょ？　だとしたら、お金が足らない分を何とかしなきゃいけないわけですよ。もう苦肉の策で一所懸命勉強して、多分東大とか行ったのよ、皆、ね？　行ってまぁ、浄化槽のことをやる人は、広瀬さんになっちゃうんだけど（爆笑）、それをやらなかった人は、官僚とかになるわけでしょう。そういう凄く勉強して、「日本の10年後とか、50年後、どうデザインしていこうか？」って人が考えた上で、「これは、無理だ」と、もう普通に法人税とかで取ったんじゃ、もう間に合わない。だから、

「消費税上げるしかないんですよ。官房長官」

みたいな、官房長官が何をする人か知らないけれど（爆笑）、言ったら、

「ああ、分かった、分かった。じゃぁ、そう言おう」

「（議長の声）官房長官」

「消費税、上げます」

「はい、はい、分かりました」

みたいなねぇ、そういう会議があるんでしょう（笑）。……凄いレベル低いでしょう（爆笑）？　もう、そうやっていろんな人が考えた上で、こうしなくちゃいけないってなって、やっているのを、……あんたたち、明日のことしか見てないじゃん。「スーパーで、5円安くしてほしい」とかでしょう？　違うのよ、もっと賢い人、凄く考えているの。凄く考えた上で、こうしなくちゃいけないっていうのを、選ぶのが選挙よ。そこまで、皆、知らないで選挙に行っているんでしょう？

日本の、あの連呼の選挙が終わらないわけよ。皆さぁ、演説とかで、もう車で流すときも名前連呼する

でしょ？　知っている人に入れるの、日本人は。だから名前を連呼している人に入れるじゃん、テレビに出ている人に入れる。あるいは親戚だから入れる。それで、今の日本が出来ちゃったわけよ。だとしたら、勉強してない人は、投票するべきではない（……笑）。という信念のもと、オレは投票してない（爆笑）。

ここで、一番大事なのはね、決まったあと、ブーブー言うな。だって。だから、我々が決めた代表が、代表を決めますっていうルールが分かった上で、皆、「はい、それは納得しましたよ」って、その上で投票しているでしょう？　投票しているくせにあとになって、「アベガー、アベガー」（爆笑）。じゃぁ、革命起こせよ、おまえら（笑）。「いいですよ」って、投票したのよ。

自分が投票した人に、「ボクの総理大臣を決める権利は、委ねますよ」って、渡したのに、「いえいえ、違ぁーぅ！　酷ぉぃー！　なんか虐げられている感じぃ！」みたいに（笑）、凄ぇ騒ぐわけ。だから、決まったことに、ボクは絶対文句言わない。ここ凄く大事なところ、詳しくは知らないしね（笑）。ボクは投票行かない代わりに、もう決まったら従いますよ。これで、「戦争やります」って、「徴兵制ですよ」って、ああ、行きますよ。オレ、……アレだからねぇ、そういう戦闘系のゲーム、凄くやっているから（爆笑）。ちょっと、自信あるしね。ほら、「一撃離脱が一番いいんだ」みたいなね（笑）。決まったことには、ボクは文句言わないです。そこがボクのポリシー。格好良いでしょう、ある意味。

選挙行きません。こういうとこでしか、言えない（笑）。おおっぴらには言わないけれど、ちゃんと政治に踏み込んで、政治の世界を見た上で、オレは投票するべきじゃないと思ったんですよね。

今回だって、統一地方選ありましたよ。元々、立川流は談志師匠が国会議員になった。だから、もうちょっと立川流って政治色が強くてもよさそうじゃん。小さい広小路亭みたいなところでさ（笑）、とりあえず政権に毒吐いてみましたみたいなところで終わらさずにさぁ、その選挙と世間とを落語家ってのは、どうリンクさせていくか――みたいのは、立川流としていろんな人がやっていても、よさそうじゃん。

やってんのは、オレと談四楼師匠だけよ（爆笑）、今回の応援演説に行ったのは。談四楼師匠も共産党の応援に行ってんのよ（笑）。あれだよね、共産党よ、立川流は（爆笑）。いろんなところで、言われているみたいです。寄席に戻るんじゃないかとか、円楽党とくっつくんじゃないかとか、……最初に合併するのは、共産党とだよね（爆笑・拍手）。絶対にそのほうが、話が早いと思う。

落語VRの完成形とは？

2019年5月7日　お江戸日本橋亭　『こしらの集い』より

【まくらの前説】

ライブビューイング……　スポーツやコンサート、演劇などのイベント会場からのライブ映像を全国各地の上映会場に生中継し、リアルタイムで観客に観てもらうこと。

VR……　バーチャル・リアリティの略で、日本語では仮想現実と訳される。CGによって創り出された仮想的な空間を現実であるかのように疑似体験できる仕組みを指す。

ヘッドマウントディスプレイ……　左右の目の視差を用いた立体映像によるVRの表示装置の総称。ゴーグルのような形状のディスプレイを両眼に覆いかぶせるよう頭部に装着する。

アバター……　ゲームやネットの中で登場する自分自身の「分身」を表すキャラクターの名称。ユーザーは、画面上の仮想空間で、自分が設定した（または指定された）キャラクターの外観を選んで、意思表示や行動をすることが出来る。現実世界と同じように、仮想空間で出会う人にアバターが物を渡したり、会話をしたりといったことが行える。

ライブビューイングをやったんですけれども、……ライブビューイングっていっても、別に初の試みでも何でもないでしょう？　インターネットで、ライブを配信しますなんて、殆どの人がやってんですよ。

ボクのは、違うんです。1人にしか観せない。1席につき、カメラ1台で売っていこうと思って……。

だから、あたかもそこに座っているように見えますと。なので1席ずつしか売らないんですよ。インターネットですからね、ＵＲＬ渡しちゃえば、無限に売れるんですけれども、「これは、違うだろう」と……。キャパは決まっているんだから、そのキャパの椅子１個……で、１人しか観れません。で、１個売ったら、売れたんです。結構高値で出したのに……。ですから、今後は、それをちょっとやっていこうと思っています。多分、真ん中の列の３人とか、４人は、椅子しか並んでないです、今後。でも、そこは観てる人が居ますからね（笑）。ネットの向こう側で、生で観てるわけですよ。だから隣の人の喋り声とかが入るわけ。それはネットの向こうで観てる人が、聞こえちゃうわけ。この会が始まってから終わりまで、全部、その席に居ると同じ状況を作りたいわけです。

ゆくゆくは、そのカメラをＶＲのカメラにして、観てる人が、ＶＲのね、ヘッドマウントディスプレイを着けると、ここに居るのと、何ら変わらない景色が見える（笑）。客席の左を見ると、「あっ、広瀬（和生）さんだぁ……（爆笑）、ちゃんと居るんだぁ……」ね？　そういうことが、ある時代をね、ボクは予見しているわけですよ。

で、最終的にはですよ、客席誰も居ない。カメラしか置いてないわけ。で、そのカメラはＶＲカメラに対応してますから、皆、家の中で、そのＶＲカメラで没入して落語を観る。このとき一番大事なのは何かっていうと、観てる人の音声、……これを生かします。

ボクが何か言ったときに、お客さんの笑い声というのがあって、初めてライブが成り立つわけですから、だからヘッドマウントディスプレイを着ける人は、強制的にマイクがオンになるからね（爆笑）。だからねぇ、どこで笑うか？　会場に居るのと、何ら変わらないということを……、まずは皆さん、そこを履き違えちゃいけないわけですよ。だって会場に居るときにね、「ユージ、ご飯出来たよ」って声が入るのは、おかしいでしょう（笑）？　だから、観てる人に凄い負荷をかけるわけですよ。

　いいですか？　あなたの、そのパソコンのマイクは生きています。生きていますから、あなたの余計な声とかが、全部会場に響きますよって。だって、会場(ここ)に居るときだってそうでしょう？　皆さん、別に、そんな感想とか言わないじゃん。落語演っている最中に……、まぁ、田舎はよくあるけれども（笑）、「志らくさんって、あの、昼にテレビに出ている人じゃない？」（笑）

　みたいな、そんなことを急に言いだしたりする人が居たりしますけれども（笑）、そういう会話ってね、東京、この会場で基本的にないわけじゃないですか。だから、これをもう一歩、このインターネット回線を使うことによって、家でもそれが再現出来ると……。これ未来ですから。皆さんも交通費とか使わないでも、ライブが体験出来る。これと全く同じ状況が。だからもう、売り出したら、もう早いですよ。

　もうとにかく広瀬さんは、そこの席に居なくちゃいけないから（爆笑・拍手）、1席ずつだから。ねぇ、ここを買えば正面から見えますよじゃなくて、中にはさぁ、座高の高い人が居たらさぁ、見辛かったりしちゃうわけよ、ねぇ？　その人のデータとかも、全部反映させたいから。だから、隣にいる人をパッと見たらアバターで、課金すれば美人になれたりする（爆笑）。課金しねぇと、もう、凄ぇデブで（爆笑）、凄ぇ臭いがするみたいな、そんなアバターにされちゃいますからね。「あっ、隣の人、凄ぃー」（笑）。そこはちょっと課金要素を付けていっても面白いかなぁと、ねぇ、自分が人からどう見られるか。こういう時代がね、ちょっと、ひょっとしたら訪れるかも知れないなっていうね、皆、この落語を工夫しようかとかじゃないじゃん。もう、ボクの興味はそこじゃないわけよ（笑）。もう、落語を変えよう……、世界を変えよう（笑）。落語会をどうデザインしようか……、超格好良くない（笑）？　誰もそれは求めてないしね。そういうのも、面白いかなぁって思ったりします。

地方の落語会風景

2019年6月6日　お江戸日本橋亭『こしらの集い』より

【まくらの前説】

まくら……本来、落語における〝まくら〟は、本題の噺に関連する小噺や、本題を暗示する世間話などが話されていた。戦後すぐまでは、本題の演目とセットになった小噺を語ることが伝統芸能の基本とされ、今日の出来事を高座で話すことを好まない落語家も少なからずいた。立川談志を代表とする戦後の若手落語家たちが悪しき風習として、これを改め、今日のニュースや最近の世相、自身の近況報告などを積極的に〝まくら〟取り入れた。

十八番……おはこ。最も得意な芸や技のこと。お家芸が語源と言われ、歌舞伎の市川團十郎家の歌舞伎十八番が由来と伝わる。

石垣島……沖縄県の八重山列島にある島。日本全体では21番目の面積を持つ。2022年9月現在の推定人口は、約4万9千6百人。

ボクは、打ち上げをやるのは、地方に行ったときだけです。都内ではもう、絶対やらないのね。なるべく打ち上げをやらないようにしているけれど、地方の方は、もうお客さんも呼んでくれているし……、やりたくないよ、打ち上げなんて、そんなものさぁ（笑）。田舎のなんか、落語に拗れたような、……田舎で落語に拗れるって、何をしてんだ、おまえら（爆笑）。そういうのがねぇ、いっぱい集まって来るから、「嫌だぁ」とは思うんだけれども、その主催者の人は分かっているからね、ある程度ね。ボクが打ち上げ嫌いなのも分かっているから、

「嫌だったら、すぐに帰っていいですから……」

って、言ってくれて、打ち上げに出たわけですよ。そういうところでね、いろんなところで落語を観て来たっていう人と、会話をする機会があるわけですね。

「いやぁ、あのね、こしら師匠。もう何回か観ているけれど……」

って、話し始めてね。北海道行くと、ボクは何会場かで演るからね、こうぶつかったりするわけなんですね。だから年に1回でも北海道で、それこそ7公演とか演ってから帰ってきますから、1回行って2公演、3公演観るって人も居るんですよ。で、多分その人はもう何回もボクのことを観ているらしくて、

「いやぁ、観ているんだけれどもね……、いやぁ、本当に凄い」

「何が凄いんですか？」

他の落語家を観ていてですよ、で、ボクのことを「凄い」って言うから、

「何が凄いんですか？」

「いやぁ、あのねぇ、まくらが一つも被らないんだよ」（……笑）

「えぇーっ！」（爆笑）

その評価の基準は何？　って、訊いたらねぇ、落語会を演りにいろんな人が来る。演りに来るけれども、皆が楽しみにして行くと、まくらが大抵一緒だっていうのよ。当たり前じゃんよ、

「年に1回しか行かないところなんだから、そんなものガチガチのまくらで、もうガチガチのネタしか演らないです。当たり前じゃないですか」

「いやあ、びっくりしたよ。まくらが被らない落語家さんに、初めて会ったよ（爆笑）、凄いよ、こしら師匠。天才だよ！」

それだけで！　それで天才なら、幾らでも天才が世の中に居るけどなと思いますけれどもね。

だって、昨日あったことが、面白かったりするわけですよね。それだったら、今日、話すわけじゃないですか。それは別にボクにとって普通の暮らしの中なんですけれども、違うのよ、皆。だからちょっと言い間違えたりすると、ちょっと変な空気になったりする。稽古してねぇのか？　みたいなね（笑）。してねぇのかって、……してねぇよ（爆笑）。

田舎の人は違う。もう、十八番しか聴いてないから、演り慣れているのしか聴いてないから、それこそね十八番とか、よく言うじゃない、ね？　なんかタイトルにも付けたりするでしょう？　「何々師匠が十八番を、披露いたします」みたいな、そんなチラシを宣伝文句にして……。一番詰まらない奴よ、それ（笑）。だって、もう、寝ながらでも出来る奴だもん、十八番って（笑）。だって、もう演り慣れているから、幾らでも出来るわけよ。で、カチッと決まっているしね。それを観て喜んで行くのが、田舎の人よ（笑）。

「え？」って、皆さん、そういうのに行っているの？　そういうところに（爆笑）？　この中の人で、……最悪だわ。出入り止めね、次からは（爆笑）。もう、そういうのはちゃんと切っていきますからね、こっちからね、ええ。ちょっとでも嫌なことがあったら、ボクはすぐに出入り禁止にしますから（爆笑）。おトイレから帰ってくるのが、遅いだけで出入り禁止です（爆笑）。「次回から、アナタ、出入り禁止です！」って、エッヘッヘッヘ。凄い、どんどんカルト的な会でね、まぁまぁ、そんなんで、よかったりしますけれどもね。

沖縄行ったら凄いんですよ、なんか、例年にない寒さだって、いつもはもっと暖かいんだって。で、北海道行ったら、例年にない暑さなんです（爆笑）。なんなの、これは？　このあいだ北海道で最高気温のときに、沖縄が最低気温だったらしいですね、日本国内で。そのときボク、沖縄に居たんですよね、だから、なんかちょうどイイなぁって思っていたりしましてねぇ。

沖縄でね、ここ2回続けて演っていて、石垣島で演ってるんですけどね。前回石垣島で演ったときに、お客さんは、そうだなぁ、……20人くらいだったかなぁ。今回行ったら、お客さんが60人居たんですよ（えー）。凄ぇと、1回目のオレが、よっぽど噂になったんだろう（笑）。

当日のプログラムをパッと見たら、なんかね、「ナントカ亭どじょう」って書いてあるんです。「あれぇ？」と思って、「何ですか？」って、言ったら、

「いや、あのぅ、近所の子供が前回のこしら師匠の高座を観て、落語に目覚めたらしくて、最初に演ってもいいですか？」

勝手に決めるなよ（爆笑）！　子供が居るからって、お父さん、お母さんがもういっぱい駆けつけちゃって、……子供の晴れ舞台だから。しょうがねぇじゃん、オレ、子供に気遣いながら演ってさぁ（笑）、エッヘッヘッヘ。

子供が生の落語を観て、ビックリしたって。いや、だから、前回行ったときに子供居たけど、気にしなかったわけよ、ね？　それこそ、あの不倫の話をいっぱいしたわけ（爆笑）。

「お母さんが子供を連れて来るのが悪いんだよ」

って、言って、

「落語は子供向けじゃないんだから、気にしないからねぇ」

って、演ったら、何かそれに凄くはまっちゃったらしい。「落語を覚えたから、演らせてくれ」って……。「東京でそんなことしたら、大変なことになるよ」みたいなね。素人の子供が、……「まぁ、子供だからね、いいけど」と思ったんだけど。

子供がさぁ、凄ぇのよ。やっぱ田舎の子供って、強いのね。落語を演っているとさぁ、お父さんとかがさぁ、もう写真とか撮ってさぁ、

「コウタ！　こっち向け！」

って、言うのよ。落語演っているときよ（笑）。上下(かみしも)振っているときに、「こっち向け」はおかしいでしょう（爆笑）。……でもその子は、ちゃんと向いて演るのよ。なんか、ほらね、談志師匠がカメラが切り替わると、そっち側に上下振るみたいな、凄ぇ、コウタ、談志で演ってんじゃないか（爆笑）。「コウタは、談志だ」って、思いましたけどね。

そんなんを演らせたらね、そこの先生とかも、来てて、

「あの、出来たら、次回来たときに子供向けの落語を演ってくれ」

って、凄ぇね、地方に行くとオレのニーズが（爆笑）。地方に行くと、その辺の落語家と違うじゃない、オレは。地方に行って子供向けだろうと年寄り向けだろうと、二度と来ないところは、凄く投げて演るじゃん（爆笑）。だからもう、子供だろうとなんだろうと、

「おめぇらの父ちゃんと母ちゃんは、絶対に不倫してるからなぁ（爆笑）。そうじゃなきゃ、沖縄の出生率はおかしいだろう！」（笑）

って、するわけですよ。

「はい、この中で、ひとり親の子」（笑）

って、やる。でも、そういうのでも平気なのよ。東京でそんなことやったら、大騒ぎよ、ね？　倫理観がどうだって、言いだすわけ。傷つく子がどうだとか言うわけじゃん。だから、行ってごらん。そんなひとり親だからって、誰も苛(いじ)めない。何故なら、ひとり親がたくさん居るから（爆笑）、ね？　そういうところだから、やっていいじゃない。にもかかわらず、東京のね、ルールを知ってる人は、もう、

「ああ、そんな失礼があっちゃいけないから……」

って、言って、オブラートに包んだようにして演るから、子供がつまんなくなるのよ。

「（指さして）おめぇん家(ち)、貧乏だろう⁉」（爆笑）

って、言うと、凄ぇ盛り上がるの。とにかく田舎行くと凄い、

「（子供が手を挙げて）いや！　ウチのほうが貧乏だぁ！」（爆笑）

もう、それこそさぁ、もう落語が描いていることじゃない。ねぇ？　都会のなんか、どこぞのなんかね

ぇ、ブランドの制服で通いますーみたいな……、子供だよ！　子供をそんなに甘やかすから、引きこもるんだよ（笑）。

もう皆さん、整いましたか（爆笑・拍手）。

『鉄拐』へ続く

わたしは小学校の児童会長だった

２０１９年７月５日　お江戸日本橋亭『こしらの集い』より

今までね、人生で一番トップだったのが、あれですもん、小学校の児童会長ですよ。これはボクの中で一番トップ、ね？　一番多かったときに７７８人の全校児童を率いていたのが、このオレよ（笑）。学校の前を、『あいさつ通り』って、オレが命名した。会長になってから、

「皆で挨拶しよう。まず朝のスタートは挨拶だから……」

先生にも、この要望を出してね、「先生も通りに立ってください」って。今までそんなことはなかったの。先生も、その『あいさつ通り』に立って、挨拶してくださいって議題で出してさぁ。全校集会みたいなところで、それを皆に発表して、先生方も挨拶するべきだって、最終的には校長先生まで引っ張り出してさぁ（笑）、挨拶させたのよ。

『あいさつ通り』って、看板をね、なんか美術系の部活があったから、そこに作らせてさぁ。凄く大改革したのよ、学校を。そうしたら近所の人も、その『あいさつ通り』を通るとき、子供たちがいたら、必ず挨拶するようになって、なんかね、ちょっとしたコミュニティが出来上がったりしてさぁ。

で、オレ、学校が終わってから、公園で遊んでいたのよ、皆で。皆で、遊んでいるときにドブにね、ジャンプが捨ててあったの（笑）。……月刊ジャンプなんだよ。月刊ジャンプはその当時、エロいのしか載

ってなかった（爆笑）。皆で、「ワーッ」って、拾ったんだけどさぁ。ドブだから濡れているわけよね。剥がすと、上の3分の1がちぎれて剥がれちゃうわけ（笑）。「どうする？」、「乾かしたほうがイイ」って、皆もジャンプを手で振って必死に乾かしたりしてさぁ、子供にしてはいいアイディアでしょう？　気化熱で乾かそうとしているわけですからね（笑）。……ん？　違うわ。全然、乾かないの。「こりゃぁ、ダメだぁ」って、探すと結構ジャンプが落ちていたわけ。「これさぁ、持って帰って乾かしたら、読めんじゃねぇ」みたいになって、……いやいや、週刊ジャンプはクラスで持って来る奴が居る。月刊ジャンプは居なかったから、これがエロいのは知っているし、「いいや」って言って、そのジャンプを集めてね。で、あの、秘密基地みたいなところに持って行ったわけ。

暫くやっていたうちに、ジャンプを拾うついでに、瓶とかもあってさぁ（……笑）、瓶なんかも毒を作るのに便利じゃん（爆笑）。カエルとかさぁ、ヘビイチゴとかを潰して毒を作るじゃん（笑）。小学校5年でまだやっていた。そういうのに便利だっていうので、持って帰っていたの。

そしたら、その近所の人が見ていたらしくて、「あの子たちは、近所の掃除をしている」（爆笑）、なんか、こっちとしては、あんまり面白くない噂が流れて、先生に呼ばれて、オレと仲間の何人かが、

「おまえたち、なんなんだ？　学校終わったあとに、掃除しているのか？」

何のことか、分からないわけ（爆笑）。でも、

「はぁ、はぁ、……はい」

「いやぁー、ナニナニさんから連絡があって、……そうなのか、おまえたちは、そういうことしているの

か？　これは広げなくちゃいけない」

　で、そのあとで学校が終わったら、皆がゴミ袋を持って家に帰る。「通学路に落ちているゴミを拾って、家まで持ち帰りましょう」みたいな変なルールが出来上がっちゃった（爆笑）。「ヤべぇ」と、「オレは、東金の町を底辺から変えちゃっている」（爆笑）、ヤバい、オレが余計なことすると、何か大きなことを起こしちゃうんだ。それからもう優等生をやることはね、中学のときでやめたわけですけど……。優等生をやるつもりなかったんだけどね。自然とそうなったんですね……。

東欧の国境線で身を守る方法

２０１９年７月５日　お江戸日本橋亭　『こしらの集い』より

【まくらの前説】

ウクライナとロシアの国境問題……　ロシア連邦とウクライナの間の国際的な陸地での国境は、ウクライナの５つの州とロシア連邦の５つの州の輪郭を描いている。

ファーウェイ……　中華人民共和国に本社を置く通信機器大手メーカー。２０１９年、米国大統領ドナルド・トランプは、「一切ビジネスをしたくない。国家安全保障上の脅威だからだ」と、ファーウェイに対して厳しい見方を示し、アメリカ企業が安全保障上の脅威がある外国企業から通信機器を調達することを禁止する大統領令に署名。２０２２年11月にバイデン政権は、ファーウェイの通信機器について米国内での販売を事実上禁じた。

日本共産党……　『資本論』の著者マルクスの「科学的社会主義」の理論を学び、活動に生かしている日本の政党。

遂にね、９月下旬にウクライナ公演が決定しましたので、ウクライナ行っちゃうよ。凄いでしょ、あれ、ウクライナの話はした？　してないよね。ひょんなことからウクライナの大使と知り合いになって（笑）、そこを端折るのが凄いよね。地図で調べたら、ロシアのすぐ下なのね、ウクライナって。で、大事なのはロシアなんですよ。

というのは、ロシアには限定ポケモンが出るわけ（爆笑・拍手）。ロシアにしか居ないのが出るわけ。

で、ウクライナに居るかどうか調べたんだけども、全然来ないのよね。ネットで幾ら調べても、ウクライナ語で検索しても、そこに、そのポケモンが存在しているかどうか……。多分ね、ウクライナでポケモンをやっている人が、あんまり居ないんだと思う（笑）。あと、ネットが使えないんだと思う、ウクライナの人は（笑）。どう調べても、出て来ないわけ。だから居るかどうか分からない。

ロシアまで行けば、限定のポケモンが居るって情報は手に入れているから、だから最悪、ウクライナへ行ってさぁ、どの辺だか知らねぇけれど、北のほうだとしましょうよ。ちょっと行けばロシアだから。こっちは島国で生きているから、国境線がよく分からないじゃん。ずっと壁なわけないじゃん、国境線って（笑）。だとしたら、入れるところもあるんじゃないの（爆笑）。守衛さんが居ないところを見つけてさぁ（爆笑）。

山で隔てている国境線って、あるのよ。それこそ、千葉と茨城のあいだとか（笑）、そういう線とか別に道じゃないじゃん。国境線で、山をまたいでいたりしたらさぁ、そんなところちょっと出て、入って行けばさぁ、国境を越えられるんだったら、GPSさえ生きてりゃぁ、こっちはポケモンが出来るわけなんだから……。ほら、ああいうところって、平地なイメージがあるじゃん、延々と広がるツンドラ地域みたいなさぁ。いや、知らねぇよ（爆笑）。あくまでも、オレのイメージだけど。

そういうところに行って、国境線があったとしてさ、半歩ぐらい入っても（爆笑）、ちょっとぐらい入ったところで、すぐ打ち殺されはしないでしょう？　ほら、でも、向こうだと、スナイパーってイメージあるじゃない、ロシアだと（爆笑）。だから、こっちから相手の姿が見えなくても、向こうからこっちが見えているかも知れないから……、だって、スコープで見ているわけでしょう？　地面に伏せて狙っている（爆笑）。

ヤバいと思って、万が一、国境をちょっと越えれば捕まるところにいる場合よ。そのときに、あくまでも観光客だから、立場として。ロシアに対しても、悪いイメージ持ってるわけでもないから。で、ボクとしては、今、皆ね、アメリカ、アメリカって言っているでしょ。これ逆なのよ。意外と、中国が、ボクは覇権を握っちゃうんじゃないかと思っている。

中国は凄ぇんだ。全部の技術をパクッて、それ以上のモノをガンガン作っているのよ。で、向こうは倫理とかないから、だから凄ぇのよ、テクノロジーの進み方が。一時期ね、日本がトップだったのがドローン業界だったんですよね。これを中国が一気に追い抜いたんですよ。というのはね、日本は、「トルクは、ここまでにしてください」、「詰めるバッテリーの容量も、ここまでにしてください」、先進国だから事故があっちゃいけないって、いろいろ規制かけたんですよ。中国は、関係ねぇから。「死んだら、おまえのせいなぁ」みたいな（爆笑）、やりたい放題にやったから、もう日本の技術なんか、はるか上回った技術、ドローン開発技術を持ったりするわけよ。

皆ね、中国をちょっと馬鹿にしてるのもあるかも知れないけども、あれだけの大人数をね、1人の男が、「せぇの」って言ったら、右に全員向く。「せぇの」って言ったら、左に全員向くっていう、あれだけのことを行えるトップのリーダーって、世界中で他に居ない、中国しか。「じゃぁ、中国来るな」と思って、オレ、どっちかって言うと、中国寄り（笑）。皆ね、「中国とか、あっちのほうから撤退しよう」――

みたいなさぁ、「ファーウェイは良くないんじゃないか?」とかさぁ、言っているけれど、オレは積極的にファーウェイを使って行こうと思っている(笑)。まずは、ウクライナに行くときは、ファーウェイのスマホを持って行く。

中国はロシアと仲いいからさぁ。中国のファーウェイのスマホを持っているんで……、これだけだと、スコープで見ても分からないでしょ(爆笑)。ファーウェイかどうか分かるのは、ファーウェイ・ユーザーしか分からないからさぁ、ね?

「(狙撃兵がスコープを覗きながら)アイツ、ファーウェイ持ってるなぁ」(爆笑)

って、なればいいけど、ならない可能性もあるからね(笑)。アメリカ贔屓の日本人でありながらね、日本国に住んでいながらね、「わたしは中国を応援してます」と、「中国と、より仲良くしたいと思ってるんです」っていうのを、全面にオレはアピールしていこうと思って注文したの。日本共産党って書いてあるTシャツ(爆笑・拍手)。これ着て行ったら、スコープで見てもまる分かりじゃん。

「(狙撃兵)あいつ、共産だ、共産(爆笑)! アイツ撃っちゃダメだよ」(爆笑)

これで切り抜けられるんじゃないかなぁって、日本共産党Tシャツでね、行こうと思っています。撃ち殺されちゃったら、ゴメンね(笑)。

落語教室に行ってみた

2019年8月2日　お江戸日本橋亭『こしらの集い』より

　舞台に立つ側ですから、客席でいろんなものを観るっていうのが、少しずつ減っちゃうんですよね。お客さんの立場ってのを、ついつい忘れてしまう。「これは、いかん」と思って、先日行ってきましたよ。広瀬さんの『落語教室』（爆笑・拍手）、行って来たわ。新宿の朝日カルチャーセンターみたいに大きい……。

　自分でお金を払って（笑）、申し込みはウェブサイト上からでしょう。芸名を書く欄が無ぇのよ（爆笑）。本名を書くしかねぇじゃん。で、「若林大輔」って（笑）、クレジットカードで払って、当日行ったわけよ。

　で、チーンとエレベーターで上がって、「どこかなぁ？」ってフラフラしていたら、向こうから多分、担当の人が来ていたんだろうねぇ、

「あ、どうも！」

　って、挨拶してくれたんだけれど、オレは知らないのよ。でも、どうも、オレのことを知っている感じでね。

「どうもありがとうございます。あの、こちらへ……」

とか、言うから、

「あ、まだ、受付に行っていないんですけれども……」

「いえ、いえ、受付なんて……」

「いやでも……」

って、スマホで受付の画面を見せて、

「あの、これなんですけれども……」

「えっ？　……ご招待じゃないんですか？」（爆笑・拍手）

「招待じゃないです」

「これは大変失礼をいたしましたぁ！」（爆笑）

アッハッハッハ、何でそんなに申し訳ない感じになるのかなって、

「今から、お席を用意しますから……」

「いいです、いいです。席なんて、いいです」

って、行ってみたら、そんなにギュウギュウってわけでもない（爆笑）。なんなんだ、この混乱ぶりは？

「すいません。登録してくださったってことは、一応受付にお願いします」

って、受付に行ってね。受付の人は、オレのことを知らないのよ。

「お名前は？」

「あ、あの、若林大輔です」（爆笑）

凄ぇ、ちぐはぐだなぁと思ってね。立川こしらって分かってくれて、受付で本名を言わせる（笑）。で、入って行ったんです。

いろんな資料とアンケートが配られるわけですよ。資料もビッシリ書いてあんのよ（笑）。もう、凄ぇいっぱい書いてあんの。「何だ、これぇ？」と思いながら、「それを持ってどこへ座ろうかなぁ？」って、結構早く行っていたから、どこでも座り放題でね、「どこ座ろうかぁ？」って思ったら、ちょうど広瀬席の位置が空いてんだ（爆笑・拍手）。アッハッハッハ、そこに座ってね。

アンケートがあったから、「アンケート、どうしようかぁ」と思ったんですけれども、筆記用具を持ってないんですよ、全部スマホだから。だから、ペンが無いんですよね、オレ。入り口のところに居るお姉さんも、ペンを持ってないわけよ。うしろ向いたら、ちょっと見た顔が居たから、

「……すみません」

この人からペンを借りて、アンケートを書くんですけれども……、アンケートって、あれ、終わった後の感想を書くのね（……爆笑）。「今日の講座は、どうでした？」みたいな、1問目は。しょうがないじゃん、「非常に分かり易い」って書いた（爆笑）。しょうがない、始まる前から、どうだろうなぁってみたいな感じで、ペンを返したあとで、広瀬さんを待っているわけですよ。

出て来て座って喋りだす。また、流暢なこと、これが（爆笑）！　おめぇ、編集長に向いてねぇんじゃねぇの（笑）？　っていうくらい喋るのよ。それで分かり易いのね。談志の歴史とか、スイスイ入って来

ちゃうのよ（爆笑）。「そーなんだぁ？」って（爆笑）、で、各演者による『野晒し』の違いとか、「えーっ！」って（笑）、凄ぇ勉強になる。行ったほうがイイよ、講座（あれ）（爆笑）。落語好きだったら、絶対勉強になるから……。「やっぱ、凄ぇなぁ」と思ってね……。ちょいちょい広瀬さんが、

「今日は、あの……関係者の人も居ますけど……」

みたいな（爆笑）、「関係者の人も居ますけど」って、どう考えてもオレなの（笑）。どう考えてもオレなんだけど、その教室内での知名度が致命的に低いのよ（爆笑・拍手）。「関係者も居ますけど……」のところで、ざわつくだけなのよ（爆笑）。「誰だ、誰だ、誰だ？」って、一通り見渡しても、誰だか分からない（爆笑）。「あー、辛（つれ）ぇ、この時間、辛ぇ」って過ごしていましたけれど、非常にためになる講座だったと思います。

『田能久』へ続く

オレはラジオのベテラン

2019年9月3日　お江戸日本橋亭　『こしらの集い』より

【まくらの前説】

志ら乃……　立川志ら乃。1998年、立川志らくに入門。2012年、兄弟子の立川こしらと共に真打昇進。

志ら門……　立川志ら門。2013年、落語芸術協会の十一代目桂文治に入門し、高座名は「桂しゃも治」。破門された後、2014年に立川志らくに再入門。破門の門と、志らくの志で、「志ら門」となる。

志ら玉……　2000年、快楽亭ブラックに入門し、高座名は「ブラ汁」。2005年、ブラック師の落語立川流からの除名に伴い、志らく門下に移る。2015年、「志ら玉」で真打昇進。

師匠の朝の帯番組……　立川志らくが、2019年9月よりTBSの朝の情報番組『グッとラック！』のメインMCに就任したこと。2016年10月から、TBSの『ひるおび！』にもコメンテーターとして出演していたこともあって、テレビ出演の頻度が増した。

本日もお越しいただきまして、誠にありがとうございます。立川こしらと申します（笑）。ちゃんとしているでしょう？　ひょっとしたら知らない人も、居るかも知れないんだからね（笑）。全部、ひらがななんですよ、こ・し・ら。師匠が志らくですから、志らくの〝しら〟ね。これをいただいて、〝こしら〟という名前になったんですけれどねぇ、志らくの〝しら〟を貰ったのよ。でも、志（こころざし）が入らなくちゃいけないじゃないですか、ね？　オレ、ひらがななのよ、〝し〟が。で、〝こ・し・ら〟でしょう？　志らくの〝志〟ならば、〝こ〟で、〝志〟で、〝ら〟でしょう（笑）？　〝こ志ら〟になるわけですよ、ウチの師匠の正当な弟子だとしたら。その〝志〟をウチの師匠は、あげられなかったんだろうね（笑）。「こいつに立川の志を渡すわけにはいかない」みたいな、今、判明しましたよ（爆笑）。

無いですもんね。だって、あの志ら乃ですら、志が入っています（笑）。志ら乃に志が入って、なんでボクが無ぇ？　志ら門（笑）！　志ら玉、あるじゃん（爆笑）！　……まぁ、志ら玉、ゴメンね（笑）。ねぇ、そんなのがあったりしますけれどね。本当にね、ボクは志らくの弟子でいいのかと。今、ちょっと不安に思っているわけですよ。

師匠は、秋から朝の帯番組が決まったでしょう？　朝の帯番組っていったらね、ボクのほうが先にやっていましたからね、ラジオですけれどもね。もう13年以上前ですよ、朝の帯、ボク、月曜日から金曜日までやっていたわけですからアドバイスは、……ボクが出来るわけですよ（笑）、「師匠ねぇ、ちょっと朝早く起きなくちゃいけないんですよ。まずねＡＤさんよりも早くスタジオ入って、一番初めにメイン・パーソナリティーがやることは、スタジオの電気を入れることですから……」（爆笑）

「お前、どこの局でやっていたんだ？」みたいなのがあるかも知れないですけれどもね。

そういうのを見ていると、「凄いな、ウチの師匠は、ああ、こうなるのかぁ」なんていう風にね、でも長いですからね、付き合いが。もう20何年ですよ、うちの師匠と（笑）。……〝付き合い〟で、イイでしょう？　師弟関係なんだから。……もう、24年ですよ。24年よ！　就職なら、まだ分かりますよ、漠然としているから、ね？　上司が替わるのと、違うもの。立川流の中でも、志らくの弟子ですから。24年も付き合っているんですよ。うん。だいぶオレは分かって来た、師匠のことが（笑）。問題はね、師匠がオレのことを分かってない（爆笑・拍手）。ちょっと問題だなぁ、何か一方通行の片思いみたい（笑）。

西成で落語公演

２０１９年９月３日　お江戸日本橋亭　『こしらの集い』より

【まくらの前説】

西成……　大阪市の南西部に位置する行政区で、２０２３年２月１日現在の推定人口は、約10万５千人。新今宮駅付近には、日雇い労働者の町として知られたあいりん地区があり、バブル崩壊後は公共事業の縮小などで求人が減りホームレスになる者が増加する。駅周辺は、これまで何度か発生した暴動などのネガティブなイメージがあるが、現在は低価格で泊まれる宿泊施設の豊富さと、近くの新世界、通天閣の観光資源に恵まれ、海外からのバックパッカーを呼び寄せている。

飛田新地……　飛田遊郭は、大阪市西成区の山王３丁目一帯に存在した遊廓、赤線。大正時代に築かれた日本最大級の遊廓。現在は、通称飛田新地（とびたしんち）と呼ばれる。

先日行ってきたのが、大阪ですよ、西成。この話題、大丈夫ですか（笑）？　西成に行ってきました。凄かったですよ。ボクの夏フェスですからね（笑）。オーディエンスが酔っ払った一文無したちしか居ないんです（笑）。本当の意味の、これオーディエンスですよね。ワーッと集まって来てね、相変わらずですよ。舞台を作ってもらって、そのうしろに壁があるんですけれどもね、「安倍辞めろ！」（笑）、「原発反対！」ってセンセーショナルな貼り紙が並んでいる中、それをバックに高座に上がっていくわけですけれどもね。

まぁ、去年よりは暑くなかったと同時に、去年よりはご来場の皆さんの体調が良かった（笑）。去年は、皆、死にそうになっていて、もうダメだったのよ。もう、皆、グダーッとしてたの。今回は、辛うじて座っていたの、何人か（笑）。

まぁね、最初は雑談を話していてね、

「東京から来ました。わざわざこのために、来たんですよ」

みたいなこと言っていたら、1人酔っ払った親父が、ウロウロウロウロウロするの、目の前を、ね？

「邪魔だよ～（親父を両手で退かす）」

って、言いながら（爆笑）、

「東京から来たんですけれどね、新幹線でね」

また、来る。

「はい、邪魔だよ～（爆笑）。今、喋っているからねぇ」

ということを言いながら、喋っていると、延々とウロウロするのよ。もうね、寂しいの、皆。弄(いじ)ってほしくて、しょうがないのよね。

「お父さん、……お父さん、今ね、落語(これ)演ってるから、そこでちょっと監視員をやってくれないか？　悪い奴がいないか、ちょっと見ていて……」

って、言ったら、

「……うん、うん（深く頷(うなず)く）」（爆笑）

効くんだ、それで、

「監視員だからね、監視委員長だからね！　委員長だよ」

アッハッハ、役職まで与えて（笑）、親父は腕組みして見張っているんだよ（爆笑）。凄ぇな、容易く操れるなぁ、みたいなねぇ。演っていて、暫くしたら、小噺とかを振るわけですよ。

そんなところで落語を演っても、聴きやしないですからね。

「隣の空き地に囲いが出来たよ。……塀～」

みたいなことをね、しょうがないの、酔っ払ってさぁ、半分脳みそがない人しか居ないんだから（爆笑）、難しいこと言ったって理解出来ないんだよ。そんなこと言ったら、うしろのほうから、

「8点～！」

点数をつける奴が居るのよ（爆笑）。「今日は審査員込みかよ」って、思いながら、

「じゃぁ、じゃぁ、お父さんが審査委員長ねぇ。じゃぁ、次もっと面白いのを演るから……。お坊さんが来るよ。僧かい？」

「15点～！」（爆笑）

「嘘ぉー！」（爆笑）

アッハッハ、そんなねぇ、審査委員長を弄りながらね。

「いやぁ、さっきのほうが良かった」

って、感想とかを言いはじめるわけ。ステージなんて、どうだっていいんだから、ボクも、

「さっきのほうが良かったぁ?」

こうやってね、ディスカッションしながら（爆笑）、進行した。……お国のためには何一つ役に立たない奴等とさぁ、演っているわけ。そうすると、……監視委員長よ（笑）。すねちゃうのよ。委員長ね、自分が一番だと思っていたら、他の奴と喋りだしたからさぁ、またウロウロしだすんだよ（爆笑）。委員長、全然落ち着きねぇからさぁ、

「委員長、委員長、戻って、戻って」

「分かった、分かった」

って、言いながら、ウロウロしているのよ。1回失敗したから、このウロウロをやめると、他にこしら師匠が取られちゃうから（爆笑）、もう、延々とウロウロしているの。そうしたら、向こうのほうに居た酔っ払いが、

「邪魔だぁ!」

って、言いだしたの。

「(ウロウロの親父に) ほらねぇ、邪魔だから。実際に、オレからもオマエは邪魔だから、委員長、向こうへ行っていて……」

で、委員長が向こうへ行った途端よ、「邪魔だ」って言った奴が出て来てさぁ、

「邪魔だって言ってんだろ!」

って、喧嘩が始まったのよ。西成の凄いところは、誰も止めない（爆笑）、もう日常茶飯事なんだろう

ね、これはね。こんなに摑み合っているんだけども、まぁ、見た感じ、……両方弱いのよ（爆笑）。

「ちょっと、待って、待って、待って、ちょっと待って。おーい、喧嘩はやめろよ、喧嘩はね。今、面白いのを演ってんだからさぁ、聴いてよ。オレ、面白いのを演るから、ね？　喧嘩やめよう！」

って、全然効かねぇのよ。さっきは、委員長、あんなに聞き分けが良かったのに（笑）、頭に血が上っちゃったんだろう、全然効かないから、しょうがねぇ、誰も止めないし……。高座を降りてさぁ、

「ちょ、ちょ、ちょい！　いいから、喧嘩はやめろ。喧嘩はやめろって！」

って、二人を引き離したら、両方から、

「何をぉ！」（爆笑）

えっー！　成程、喧嘩を止めねぇわけだ（笑）。酷いところでしたねぇ。

やっぱりね、もう、夏と冬に2回通っていますから、顔馴染みも出来るわけですよ（笑）、あっちのほうにねぇ。そうすると、

「お、おーい、おい、東京の落語！」

って、オレ、落語って呼ばれてね（爆笑）。

「はい、はい」

そうすると、今回、衝撃的な人が居ましたねぇ、名前を〝関東〟さん。あだ名よ、あくまでも。関東さん、何で関東さんかというと、関西弁を使わないから（笑）。もう、あだ名の付け方がアバンギャルド過ぎるじゃん（笑）。出身県とかじゃないのよ、だってね、東京弁なら〝東京〟とかでもいいじゃん。違

う、関東を採用するんですよ。今、関東って括りは房総以外に使わないでしょう（爆笑）。

関東さんってあだ名なの、その人。で、関東さんにいろいろ話を聞いたら、凄いのよ。住んでないの、西成に。で、盆と暮れだけ、西成に来るんだって。元々西成で、どうにもならないときに、西成で更生のプログラムがあってね。生活保護を貰って、生活を立て直して1人でやっていけるからって、神奈川に引っ越して、そこで暮らしているらしいんですよ。で、盆と暮れだけ西成に来る。

「え？　神奈川で暮らしているのに、何で来るんですか？」

「いや、まぁ、里帰りだなぁ～」

里ぉ～（爆笑）！　ここ、里ぉ！　いろいろ思い出深いから、里帰りなんですって。

「どんなことがあったんですか？」

「うん、西成居るあいだにねぇ、8回捕まった」

8回刑務所に行ってんのよ。で、具体的なのは訊かなかったよ。多分、そんなに重大な罪は犯してないわけ。殺人とかだったら、1年、2年で出て来られないから……、8回殺人したら、1回につき10年だとすると80年だから（笑）、それは無理だから、多分、傷害とか薬とか、そんなのが毎回違う……、毎回、違う犯罪で捕まっていると思うんですよね（笑）。で、8回捕まっているんですよ。

「そうなんですか」

「うん」

その人は神奈川で日雇いの仕事をやっているらしいんだけど、毎年の盆と暮れに西成に来るために、お金貯めている。

「訊いてもいいですか？　幾らぐらい貯めているんスか？」

「ああ、今回なぁ、２００持って来た」

２００万よ。２００万、……日雇いでも２００万を貯められるの、半年で。老後、２千万必要って、楽勝じゃねぇ（爆笑）。皆、危機感を感じているけど、半年で２００貯められるんだよ、日雇いで。分かんないよ、合間で薬を売っているかも知れないけれど（爆笑）。でもね、選挙権があるんだか、どうだか、分かんないような人が、半年で２００万貯められるのよ。楽勝よ、２千万なんか、老後の２千万。だって、その人の1年で４００万貯まるのよ。５年よ、５年。出来ないと思っているアンタ方が間違ってんの（笑）。関東さん連れて来ようか（爆笑）？　スペシャルゲストで、関東さんです（爆笑）。でも、ここで関東さんに会ったことは、皆、誰にも言わないほうがいいと思います（笑）。

２００万だよ、西成で２００万遣うところ、ある？　皆さん、行ったことがないでしょう？　自販機が20円なのよ（笑）。自販機が20円よ、弁当が１２０円で買えるのよ、そんなところで２００万あったら、もう億万長者じゃん。今、東南アジアでリタイヤして暮らすみたいなこと言ってんじゃん。そんなところより西成だよ（爆笑）。国民健康保険も貰えるし、日本語が通じるし、あんなに安く住めるとこないよ、そこへ２００万持って来たって。

帽子を被っていたから、

「どうしたんですか、この帽子？」

「ああ、買ったんだよ」

「幾らだったんですか？」

「８万」

８万よ。８万の帽子を売っているところを見つけるほうが難しいところだからね。とにかくね、金遣いが荒いらしいのよ。来たら、全部遣っちゃうんだって、その２００万を。

「でさぁ！」

「どうしたんですか？」

「いやぁ、欲しいのがあるんだよ」

「何ですか？」

「時計だよ」

「幾らするんですか？」

「50万」

腕時計、50万で……。それを買うか、どうか、今、悩んでいる。で、あと4日しか居ない。だからその4日のうちで、買うかどうか決めるらしくて、

「まぁ、買っちゃうなぁ、ああ。これ、買っちゃうな、これ、きっと買うわぁ～」（笑）

「……そうすか、50万高くないですか？」

「ああ、金は50、チタンは40。……金かなぁ～」（笑）

分かんないよね？　全然、分かんないよね、価値が分かんない。でも、

「金よりも、チタンのほうが丈夫なんじゃないですか？　普段着けるんだったら、チタンのほうが、傷もつかないし……」

「着けねぇんだ、飾っておく」

じゃぁ、腕時計は要らなくねぇ（爆笑）。で、その人、毎年そのぐらいのお金を作って、西成に来て全部遣っちゃうんだって。で、帰りの電車賃が無くなって、夜行バス代を借りて帰るんだって（爆笑）。で、

「何で、残しておかないの？」

あと、2万ぐらいを残しておくの、ね？　でもほら、明日横浜まで行けばいいわけなんだからさぁ、新幹線で、ね？　途中で駅弁とか買ったりすれば、2万円あれば十分じゃんよ、200万のうちの2万よ。僅か1％よ（笑）。これを残せない。全部遣っちゃって、借りるんだって。……8千円ぐらい（笑）。で、格安の深夜の高速バスで帰るらしいのよ。もうさ、ダメじゃん、いろいろ。

その人の前でね、スタッフの女性とか居たりするわけ。皆で、ワイワイね、座談会みたいになっているから……、座談会って、なんのテーマも無ぇけどさぁ（笑）。で、女性が居たりして、酔っ払いしか居ないから、スタッフの女性に、

「ほら、こんなに脚出してねぇ、ちょっと色っぽいですよね」

って、言う奴が居ると、

「おい！　そんな失礼なことを言うんじゃない！」

女性に対する、今風の言い方で言うと、セクハラまがいの言葉には、関東さん、やたら敏感なのよ。

「なんか薄着過ぎませんか？」

とか言うと、

「おいおい！　おまえ、人のことを言うんじゃないよ！　人前で……」

その点に関しては、清廉潔白みたい……（笑）。それ以外は、もう全部真っ黒なんだけど（爆笑）、女性に対しては凄く紳士なのよ。

「面白いなぁ」と、思って、

「関東さんって、女性が嫌いなんですか？」

「いやぁ、俺は好きだよ」

「でも……」

「そんな失礼なことを言うんじゃないよ、皆の前で」

でも、言われても、オレはへこたれないタイプだから（笑）、

「（女性に）エへへ、何カップ？　何カップ？」（爆笑）

そういうことを言うと、

「おい、やめろ！　やめろ！」

エッヘッヘ、それが一つのコントになっている（爆笑）。女性なんか、どうでもよくなってる、そうなると。そんなやり取りしていて、面白そうだと思って、

「関東さん、その女性関係で揉めたんじゃないですか？」

「……いやぁ、……なぁ、最近は、どうもなぁ……」

「ダメですか？」

「ああ、鬱陶しいんじゃないいんだけど……」

「彼女、居るんですか？」

「う～ん、居ないんだよ」

「じゃぁ、どうしてるんですか？」

「……たまになぁ、女のケツを鷲摑みたくなるだろう？」

……ならねぇよ（爆笑）。「それ前提で、話を始めるよ」みたいなことになってる（笑）。鷲摑みたくなっちゃうそうよ、関東さんは。でも、

「それは出来ねぇ。それは出来ねぇ」

グッと抑える、関東さんは。

「どうするんですか？」

「しょうがねぇなぁ、買いに行くんだよ」

買いに行くんですって。

「へぇ、最近はどうしたんですか？」

「ああ、……さっき行って来た」（爆笑）

さっき？　さっき行って来たって、飛田新地ってところがあるのよ。すると周りに居たホームレスが、急に色めきだって、

「どうやったんや？　どうやったんや？」（爆笑）

皆、関東さんより年上なのよ。より使い物にならなくなっているから、関東さんが行ったってことに反応して、

「どうやった？　どうやった？　どうやった？」

関東さん、皆から注目されて、段々ちっちゃくなっちゃって、

「……ダメだった……」

「ダメかぁー！」（爆笑）

オレ、この仲間に居たくねぇ（笑）。もう、1人の男がイケなかったってことに関して、もう全員の「ダメかぁ〜」って、凄いの、その一致団結感が（笑）。

「いや、でも……」

関東さんが急に、

「……でも」

皆がウッてなって、

「どうしたんですか？」

「……悔しいから、明日も同じ女を予約した」（爆笑）

「凄ぇ、関東さん」と、思って、翌日、どうだったのかね、また来年の夏に（爆笑）、ご報告出来たらと思ったりしますけれども。そんな出会いがあるところ、これは西成ならではだなぁと思いつつねぇ、是非一席お付き合いいただければなぁと思います……、ん？　これ休憩の時間だよね（爆笑）？

上祐さんとの対話

2019年10月4日　お江戸日本橋亭『こしらの集い』より

上祐さん……上祐史浩。1962年生まれ。1986年、「オウム神仙の会」に入会。1995年の「オウム真理教」による地下鉄サリン事件後に教団ロシア支部から呼び戻され、マスコミ向けの教団のスポークスマンの役割を果たす。1995年に国土法違反事件で逮捕され、懲役3年の実刑判決を受ける。1999年に刑期を終え教団に復帰し、2000年に「アレフ」を設立するが、2007年に麻原の教義を完全排除したとする新団体「ひかりの輪」を設立し代表に就任。

ロフトプラスワン……ありとあらゆるテーマのトークライブが連日行われており、サブカルチャーの殿堂として高い地位を築いている。

柳に風……古典落語『天災』に登場する。

レコア少尉……アニメ『機動戦士Zガンダム』に登場する架空の人物。

四天王……落語立川流の四天王は、志の輔、志らく、談春、談笑といわれている。

上祐さんとね、トークライブしてきたんですよ。

で、次にね、九州に行って……（爆笑）、「え〜？　それだけ？」みたいな、ただ行ってきましたぁみたいな、もう小学校の絵日記よりも酷い感じでね、今、1日が過ぎ去りましたけれども、もう初めてでしたからね。もう、大問題ですよ。

「あの上祐とトークをするなんて、どういうことだぁ」みたいなことが、あっちこっちから来るんですが、違う。上祐さんを叩きたいだけの人が、オレのほうに群がって来るのよ、分かります？　上祐さんのトークライブを潰したいわけ、反上祐の人はね。まぁ、大部分の人が反上祐だと思いますよ（笑）。でも、そこまでアクティブな反上祐はそんなに居ないじゃないですか。だから、もう上祐さんとトークライブをするのが許せないって人がねぇ、結構居るのね、世の中に。まぁ、10人ぐらいでしたけれども（笑）。1億何千万人の内の10人ぐらいですね、居るんですよ。で、

「ダメだ。やらせるわけにはいかない、トークライブを」

だから、ボクが「トークライブをキャンセルします」って言ったら、多分上祐さんがトークライブ出来なくなるわけじゃないですか、だから本番に向けて、段々コメントが熱くなってくるのね。初めのうちは、「こいつ、これぐらい叩いておけば、やめるだろう」みたいなDMなんですけども、段々煮詰まってくるんですよ。オレに、要は降りてもらいたいわけ、上祐さんとのトークライブを。何故なら別にオレのことを心配してるわけじゃないの。上祐さんに、赤っ恥をかかせたいわけよ。裏には、「反権力だから、ああやってね、イベントだって潰れるじゃねぇか」と、仮に皆さんが言いたいとしましょう（笑）。……今、簡単に罪を被せてきましたけれどもね（笑）。言いたいからっていうんで、上祐さんに言っても無駄なんですよ。何故かというと、もう違うから。いろんな意味で違うから、言っても無駄なんだ……、なんなら日本語通じないと思ったほうがいいぐらいのね（爆笑）、しょうがない、あっちの世界に行っちゃった人だから。で、ボクには通じると思うんでしょうね。

だから言って来るわけなんですよね、ボクのところにね、

「そんなことやるんだったら、もう、こしらさんの落語は二度と見ません」

1回でも、来たのかよ（爆笑）？　一度すら来てない奴が、「二度と見ません」と言ったところで、ダメージにはならねぇわけですよ。だって元々、オレ、そいつのことを客だと思ってねぇからね。「見ません」って、言うわけですよ。普通ね、ボクぐらいの規模の芸人だったらですよ、「そんなこと言わないで、見に来てください」って言うのは普通でしょう？　（無反応）……普通なの（笑）！　アンタたちがおかしいところに行っちゃっただけでねぇ、「1人でも多く来てください」って言うのが普通なんですよ。

オレ、違うから。もう来なくていいの。もう今日ぐらいがぴったり（笑）。誰も帰らなくていい状態ね、この状態で運営していくのは、ボクのベストなわけですから、来なくていいわけよ、そういう人は。

で、その人をずっとボクは無視しているわけだ。我慢出来なくなってね、

「こしらさんと共演する人の落語は、このままだと見ませんよ」（爆笑）

凄いでしょう？　何でその攻撃が、自分に返っていくのか気が付いてないわけよ。だって、オレ、一之輔とかとも共演するよ、今後。だから、その人、一之輔を見られないわけよ、宣言しちゃったから。どうするオレ、松之丞と共演しちゃったら（爆笑）。「見てぇなぁ！」っと、思っても見られないよ。

今日は、分かっている人ばかりだから言いますけれども、ある意味さぁ、『BURN！』を読むわけにいかないでしょう（爆笑・拍手）。オレが共演しちゃったらさぁ、もうドンドン、上祐を叩きたいがために、自分が生き辛くなっていると気が付いてないわけよ。

もっと広い意味で言ったらオレは、ＰａｙＰａｙとか、凄ぇ使ってさぁ、「ＰａｙＰａｙ便利ですよ」とか言っているから、そうすると、ある意味でＰａｙＰａｙとも共演しているじゃん（笑）。ＰａｙＰａｙも使えないとなると、これねぇ、今ねぇ、お金の電子化がここまで進んでいるから、現金しか遣えないよ。オレがあちこちに手を伸ばせば伸ばすほど、上祐憎しと思って叩いていた人は、生き辛くなってっちゃう（笑）。可哀そうじゃん。もうちょっと考えてと思ったよ。オレをやるからそうなっちゃうから、違うことやって、なんて思ったりするんですね。それぐらいのカリスマ性があるわけですよ、上祐さんは。で、トークライブ当日ですよ。

先制攻撃をするのは一番いいんです、こういうのは。何にしてもそうですよ、先手必勝、これ何にしてもそう。最初にパァーンッてやっちゃえば、相手はビックリするでしょう（笑）。その後の勝敗はどうでもいい。まず第1回戦を勝てばいいわけよ。あとは全部負けたとしても先制パンチだと思って、こっちは楽屋に2時間前に入った（爆笑・拍手）。2時間前に楽屋に行ったからねぇ。会場の人は、バイトが間違えて入って来たと思ったんですよ（爆笑）。そんなに早く演者が入って来ると思ってねぇじゃん。

「あああ、こしら師匠ですか？」

なんて、言われて、楽屋に入ったんですよ。上祐さんと同じ楽屋なんですよ、一つしかないから。こっちが先に入っているから、やりたい放題じゃない。まずは、皆さんは舞台しか見てないわけよ。でもボクの場合の戦いは、もう楽屋から始まっているから、ここを制しちゃえばイイわけよ。

舞台上でどんなトークをするんだとかね。どっちが、何を言いくるめるんだろう？　みたいな、そんなところじゃないのよ、勝負は。楽屋をいかに制するか（笑）。これは喋るとか、喋れないとか、相手が自分のことをどれだけ知っているとか、そんなもの全く別、ね？　楽屋の空間を制するわけよ（笑）、まずは。皆さんはこれまでの人生で、やったことないでしょう？　これは凄い勉強になるから（笑）、試しにやってみて。

先に楽屋に入って、オレの気に入りのモノをたくさん置いていく（爆笑）。楽屋の空気をオレにしちゃうわけだ。全部のコンセントを、オレ、挿したからね（爆笑）。全部のコンセントで、オレは充電を始めたから（爆笑）。上祐さん、挿すところ無いのよ（爆笑・拍手）。仮にね、仮に、上祐さんがのちほど入って来て、ノートパソコンをね、使おうとしたんだけれども、全部コンセントが無いわけ。……困るわけじゃん。別にオレは全部を封じるという意味ではなくて、もう全部が、オレの支配下に置いてしまったわけよ。コーラとかもなんか4本くらい、あちこちに置いて（爆笑・拍手）、もう、これくらいやればね、……もうテーブルの上もそうだしね。椅子だって、こっちに扇子を置いて、こっち手拭いを置いて（爆笑）、「全てにオレが仕掛けを張っていますよ」みたいなねぇ、オレのピラミッドがそこに出来上がっているわけよ。

もう全てのオレのアイテムが置いてあるから、上祐さんどうするかっていうと、「コンセントが無いな」ってなって、店員さんに訊きに行くわけですよ。すると、店員さんが、

「あっ、延長コードありますから」

って、上祐さんのためにわざわざ延長コードを用意する。上祐さんからしても、店員さんにわざわざこんなものを用意させてしまった、「申し訳ないね」、この時点で、オレは勝ちじゃん（爆笑）。申し訳ない

と思っちゃってんだから、オレが全部塞いだことによって、それが行われるわけよ。もうこの時点で、先手で20勝ぐらいしているわけ。「もう、これ勝ちだなぁ」と、思ってね。他にもね、勝つ場面ってたくさんあったりする。皆さんもそうですよ。

何か打ち合わせとかあったら、打ち合わせ会場に前もって入って、全部のコンセントを塞いでおく（爆笑）。もうそれだけで、こっちの流れです。全てが、進んでいきますからね。「新しく見つけた技法だなぁ」って……。上祐さんを制していくわけです。

ようやく上祐さん、登場よ。開演の30分ぐらい前、開演のね。だから開場のちょい前ぐらいに来たわけよ。楽屋入りとしては、もう、大物感出ちゃっているよね（笑）。オレは、2時間前に来てんだから（爆笑）、全然下っ端じゃん、オレ、大部屋役者よ。向こうは銀幕のスターの入りの時間じゃないですか。上祐さんが来て、もう見た瞬間に、「うわぁ、老けたぁ～」って思って（爆笑）、テレビで観ているイメージしかないから、「凄ぇ老けたなぁ～、疲れてんなぁ～」って思ったからねぇ。

で、上祐さんのスタッフに、訊いたわけです。

「すいません、トークライブは、ボク以外の人とも、何回かやっているんですか？」

って、訊いたら、たまたま、落語家とトークライブを一緒にやるのは、ボクが初めてだったっていうだけで、上祐さんと異業種のトークライブは幾つもやっているっていうから、スタッフの人に、

「すいません。ボクはここに座っていても、大丈夫ですかね？」

って、いうのは、楽屋の一番上の席をオレは使っていたわけよ。だから場を制したためです（笑）。言

ってみたら、スタッフさんがそこに座ったら失礼だろうと思うところに、オレはドンと構えていたわけ。荷物も全部散らかしてね（笑）。したら、上祐さんのスタッフの人は、

「別に上祐は気にしないのでいいです」

「分かりました」

で、向こうから、上祐さんが上がって来たわけですよ。だから、ビクビクしているわけ（笑）。「おまえ、どこに座ってんだ！」って、言われたらどうしよう（笑）。で、入って来たら、平然と空いている席に座ってさぁ、

「よろしく、お願いします。……大丈夫なんですか？」

って、訊いて来るわけよ、オレに。……相手の言いたいことは、もう8割方分かっていますよ。「大丈夫なんですか？」って言われて、で、そこで、「大丈夫です」って答えちゃうと、「ちょっと、従順過ぎるなぁ」と思ったから、

「何が、ですか？」（爆笑）

こいつ、カッコイイでしょう？　「どの辺が問題なんですか？」みたいなことを、ちょっと先制攻撃したら、向こうは、

「ぁ、それならいいんです」

勝負にならねぇよ（爆笑）。これがあれか、「柳にナントカ～」って奴か？　落語でよく言う奴（笑）。ナントカナントカって、言うじゃない？　「柳もあろうかなぁ」って奴（笑）、……覚えてないから出て来ないいん

だよねぇ（爆笑）。そうそう、「柳に風」よ、ね？　「暖簾に腕押し」、合っている？　この辺が間違っていたら、ちゃんと教えてね（爆笑）。さっきの一言も含めてね、そんなこともあったりして……、上祐さんは、ボクの本を、そこまでちゃんと読んでなかったらしくてね、タイトルだけ知っていたらしくて、

「家、無いんですか？」

「そうなんですよ」

「どうしてですか？」

「いや別に、普通に家が無いんです」

もうこの辺でさぁ、オレ、カッコイイと思う（爆笑）。もう、オレ、超カッコイイ。「普通に家が無いんです」って、サラッと言いのける真打（笑）、なかなか居ないんじゃないですか？　さっきの、「何が問題なんですか？」と、同じトーンよね（笑）。

「どこで、過ごしているんですか？」

「いやぁ、まぁ、上祐さんはどうなんですか？」

「いやぁ、まぁ、稽古場兼自宅があるんですよね……」

「アッハッハ、（気取って）ボクは……、コンビニです」（爆笑）

ちょっとカッコ悪いかなぁと、思ったんですけれども（爆笑）、「コンビニです」って言った後に、コンビニだけだとカッコ悪いと思ったから、

「コンビニの……、駐車場です」（爆笑）

よりカッコ悪さを増す感じです。

「……コンビニの駐車場？」

「だって、あそこ、なんでもありますよ。車止めのところ、ちょうど椅子代わりになりますから座れるでしょう？　トイレだってあるし、お腹すいたらご飯も買えるしねぇ。充電だって、イートインがあるから、そこで充電出来るし、Ｗｉ-Ｆｉだって……、イイですか？　セブンイレブンで１日３回までしか、Ｗｉ-Ｆｉを使えないけれども、店舗を替えれば未だいける（爆笑）」

って、より、貧乏くさい話になっちゃったんですけれども……、

「はぁー、はぁー」

みたいなことを、言っているわけ。

「何が不都合なんですか？　それで、別にいいじゃないですか？」

「だって、なんか、居心地とか……」

「それが、いけないんですよ！」

もう、そこで、オレは上に立ったねぇ（爆笑）。

「それが、いけないんですよ。自分のホームを持つから、そこに居心地のいいスペースを作っちゃうでしょう？　ボクは、ホームを持たないから、全ての場所で居心地を好く感じることが出来るんです」

「……はぁー、インド哲学ですね……」

知らねぇよ、そんなもの（爆笑）、何だそれ？

「やっぱり、夜寝るときもコンビニの駐車場……」

バカじゃねぇの（爆笑）？　そんなことしていたら、通報されるわ、ね？

「そこは、ホテルです」

「あ、あー、安心しました」

心配していたんだ、オレのことを（笑）。そんな感じで上祐さんとやり取りしていまして、トークライブが始まりました。

今までトークライブね、上祐さんは何回もやっているらしいんですけれども、お客さんからアンケートをとって、そのアンケートにも答えながらやるっていうスタイルでやっているらしいんですけれども、毎回トークが盛り上がり過ぎちゃって、「アンケートが、全然読めない」って、会場のスタッフに言われているらしいんですよ。主催しているのが会場だから、別にオレ、上祐さんから依頼を受けてやっているわけではないからね。ロフトプラスワンという、トークライブをやる会場（はこ）から、

「トークライブに、出てくれませんか」

って、言われて、

「いいですよ」

「共演者は、上祐さんですよ」

「分かりました」

上祐さんから金貰っているわけじゃない。トークライブを企画したところから、オレがギャラを貰って

いる。全然問題ないじゃない。……あるんだけど（爆笑）、世の中の印象的には、大ありなんだけれども、一応ね、お金の流れとか、主催とかを考えた場合にね、オレはオーケーだと思ってやるわけですよ。

　上祐さんがやっているのは、『ひかりの輪』っていう団体があって……、訊いたらね、ヨガ教室の先生なの、あの人。大したことしてねぇのよ（笑）。で、ヨガを通じて、インド哲学を広げる……、なんだよ？　インド哲学って（爆笑）って思いながらも、そういうことやっているんですって。それとは別に、『オウム』の後継団体である『アレフ』というところが、ちょっと過激な思想らしいんですよ。麻原彰晃との繋がりがね、あったりして……。で、『アレフ』というところに入会してしまって、「いや、ここは違うな」と思って、脱会したい。そういう人の脱退の手伝いをしているっていうのよ……。だから、言ってみたら、正義者じゃん。だって、『オウム』から抜けたいっていう人を助けているわけだから……。あの、皆さんね、もうちょっとね、いろんなものを見たほうがいい（笑）。

　今まで敵だと思っていたのが、仲間に入るって、いっぱいあるじゃん（笑）。敵のボスだと思って倒した後に、それが味方になるとかあるじゃん（笑）。……知らねぇの？　じゃぁ、分かり易いところでいこうか。あの～、レコア少尉（爆笑）、レコア少尉っていうのが、ティターンズに居たのよ。エゥーゴが、カミーユとか、クアトロ・バジーナが居たところで、ティターンズと。エゥーゴが……、興味を持て、少しは（爆笑）！　『機動戦士Zガンダム』の話をしているんだ。なんだよ、皆してぇ、「また始まった」みたいな顔をして（爆笑）。その、エマ中尉が、「ティターンズは、間違っている」って言って、エゥーゴについたわけ、ね？　逆によ、エゥーゴにいたレコアが、ティターンズに行っちゃったりするわけよ。世の中、普通にあることじゃん。今まで敵だった者が……、「アニメの世界だろう」って顔するなよ（爆笑）。アニメの世界でもあるんだから、現実の世界でもあるの。味方だと思ったのが、敵になり、敵だと思ったら味方になり、日本国的に言うと、そのオウムという過激な思想を持った集団から抜けようという人を手助けしている人なのだから、上祐さんってのは。でも、刑期も終えて出てきているんだから、「まぁ、いいじゃないの、もう」みたいな感じで、オレはいるわけ。でも、やっぱり人によって違うから、「上祐、ふざけるな」みたいな、「お前は、地獄に堕ちろ」って。でも、「地獄に堕ちろ」って言ってる奴は、多分、天国行けないと思います（爆笑）。

「上祐さん、普段は何をやっているんですか？」

「いや、普段はヨガを通じてインド哲学を広めているんです」

って、言っているわけ。

「ヨガ教室なんですか？」

「はい、そうですよ」

「どれぐらいあるのですか？」

全国に支部があるわけね。そのヨガ教室でヨガを通じてインド哲学なんだけど、そのインド哲学っていうのが、どうやったら人が生き易くなるか――みたいな……、ビックリよ、だってユーチューブで悩み相談とかしているんだから、上祐さん。知らないでしょう？　ユーチューバーよ。凄いよね、ユーチューブで悩み相談会をするわけ。「へぇー」と思いながら、お話を伺ってね、

「上祐さん、ヨガ教室なんですか？」

「……あ、そうです」

「ヨガ教室の先生なんですか？」

「ああ、そうですよ」

「じゃぁ、サークルみたいなものですか？」

「……まぁ、まぁ、まぁ」

「じゃぁ、その部長？　部長！　トークライブの皆、聞いて、この人ねぇ、サークルの部長だって」（笑）

ワァーッと盛り上がって、だからサークルの部長です、あの人。大した力は持ってないです。だから、そういうことをやってる人です。「へぇー」って思いながら、やっぱり会わないと分からなかったですからねぇ。

で、トークライブよ。最初ね、最初2人で上がって、お客さんだって、どうなるのかさぁ、ハラハラしているわけじゃんよ。上祐さんのファンも居たり、オレのお客さんも居たりするわけじゃない。

そんな中、この2人がぶつかったときに、どんなトークをするだろう？　上祐とオレが話すのよ、どうすんだろう？　みたいな、もうちょっとね、客席がピリついているわけよ。そんな中、2人で上がってって、上祐さんが先に行ったわけよ。早ぇなぁ、あの人はって、サッと上がったわけだ。オレはあとをついていって、座ったわけ。着席のトークライブだから、着席して顔を上げて、未だここはね、火蓋は切られてない、この時点では（笑）。先ずは、もう、オレから行っちゃったほうが「イイな」と思ったんで、

「立川流真打の立川こしらです。どうぞ、よろしくお願いします」

これを振って、向こうを見るとどうなるかというと、ボクはラジオが長いから、相手を操作出来るわけよ。最初にこれぐらいのトークをして、2人のこのトークライブを始めた場合、ボクが自己紹介をこれぐらいのセンテンスでしましたって、相手に渡したら、相手も同じぐらいのセンテンスの自己紹介をすることを心がけたりするわけ。これは、もう、ラジオが長ぇから、そういうのは、得意だからね。もう、こっちが支配下に置いているからさぁ、ね。第一声はオレが出した。そうしたら、上祐さんも、「ナントカのナントカです」みたいな感じでさぁ（笑）。……何にも覚えてねぇの（爆笑）。自分のことしか考えてないから（笑）。

「ナントカです。どうぞよろしくお願いします」

って、2人でお辞儀をして、顔を上げてからが、トークライブだから、こっからが勝負なわけよ。ここの第一声は、何を言うか？　まぁ、普通だったら、相手が上祐さんなんだから、ちょっと待ったりするってことがね、多かったりするわけよ。「相手がヤバそうだなぁ」って思ったら、相手の出方を窺うことも、あるけれども。オレは一切しない、そういうこと（笑）。気にしない、そういうこと。なんなら、楽屋からオレの空気を作っているから、大丈夫。「よし」と思ったから第一声をね、客席を見ながら、上祐さんに……、ここ大事なところ、客席を見ながら上祐さんに視線を送って、「お前らも、そうだよな」っていう（笑）、そういう空気を作りながら、客席へ第一声、

「上祐さん、評判が悪いっスねぇ」（爆笑）

ドーンとウケて、「よし、今日はもう終わり」って思った（爆笑・拍手）。この笑いだけあれば、もう、今日はいい。で、2人でトークしてきました。

凄くね、魅力的な話とかたくさん出ましたよ。宗教に入っている、あるいは、ネットワークビジネスにはまってしまった人、こういう人を抜けさせるには、どうしたらいいかっていう、……上祐さんは、どっちもやっていたわけよ。抜けそうな人に折檻していたりもしていたんですよ（爆笑）。今は、抜けたい人を支援していたりする。それ凄い大事なこと。両方を知っているから、出来ることってある（笑）。両方を知っているからこそ、裏も表も分かっている人だから、そういう人を抜けさせる方法とかも知っているわけ。まぁ、アンケート、皆さんから、「どんなことを訊きたいですか？」ってそんなのがあったから、訊いて行ったわけですよね。

「上祐さん、これはどうやったらイイ？」

「先ずは、その人がはまっていることを、否定してはいけません」

これは、目から鱗だなぁと思って……。「否定してはいけません」って言われたときに、

「だって、洗剤を飲む奴らですよ」（笑）

って、言ったんですよ（笑）。……洗剤を飲むのを知らないですか？　知らなかったら覚えておいたほうがいいですよ。

洗剤がね、どれだけ身体に良いか、あるいは環境に良いかというのを示すために、飲むのよ、食器用洗剤を。要は、口の中に入るモノを洗うモノが、人体に毒があるっていうのは、これは間違っているでしょ

う？　今、皆さんが買っているモノっていうのは、人体に害がある成分が入っているので口にすることが出来ないんです。口にすることが出来ない洗剤を使って、皆さんは、食器、お茶碗、箸、フォーク、スプーン、ナイフそういったモノを洗いますか？　いずれそれが口に入って……、凄い、すらすら言えるのね（爆笑・拍手）。アッハッハ、オレ、そういう商売をやったほうが向いているような気がするんですけど（爆笑）。だったら、口に入っても安全なモノで洗うのが、一番いいでしょうって、ネットワークビジネスがあるんですよね。

そこは、ネットワークビジネスを勧誘するために、何をするかというと、その洗剤をコップに入れて飲むんですよ。

あったよね、このあいだ、近いことが、……福島から出す汚染処理水、「あれは害がないなら、飲め」みたいな。おまえ、ネットワークビジネスと同じことをやってんぞ（爆笑）。それで、飲むってのがあって、そういう大事なところだから、洗剤を飲む人が周りにいたら、「この人はネットワークビジネスだなぁ」って思ってくれて間違いないからねぇ（笑）。で、上祐さんに、

「洗剤を飲む人が居たりするわけですよ」

って、言ったら、

「いや、だからその商品を否定してはいけない」

何故かというと、その人のアイデンティティというのが、皆が知らないもの、これを知り得ることが出来た。とても私は、ラッキーだ。皆は、その害があるなんて知らずに使っているけれども、私はそこに有

毒なものが含まれていることを知ることが出来た。知った上で、有毒ではないものを手にすることが出来たっていうので、その人がどんどん特別な存在になっている、自分の中で。自分が凄く価値がある人間だっていう。そうやって勧誘もするからね。「そこに、辿り着けるのは、神の思し召しがあったからですよ」みたいなこと言いながら、その人が、その何もなかったから、ちょっと上げているわけよ。いろんな集団というのが、「ここに来られた人は、凄くラッキーですよ」みたいな……。オレも近いことやってるから（爆笑）、分かっているよ。そういう顔していたからさぁ（爆笑）、あんた方がぁ。オレもそうだわ、そのうち洗剤を売り出すからねぇ（爆笑）。オレが洗剤を飲んだら、もう、この会に来ちゃダメだよ（爆笑・拍手）。

そうやって、そういう人のそのアイデンティティっていうものが、その特別なものを知ることが出来たというので、自分は特別な人間だと思い込む。だから、この人を抜けさせるときに、「そんな商品、おかしいよ」って、この一番上のところを否定してしまうと、また元の自分の位置に戻すことになるから、ここは否定しちゃダメ。

「どうするんですか？」

「待ちましょう」

とにかく否定してしまうと、「あの人は、分かってくれないんだ」って、拒絶になってしまう。で、拒絶になってしまうと、万が一、「あれ？　洗剤飲むっておかしくねぇ」って気づいたときに、あのとき助けてくれた人に、ちょっと連絡しようと思っても、自分から拒絶しているから連絡出来なくなってしまう。だから、そこは距離を置いたまま連絡が取れる状態をずっと維持してください。で、ある日、気づくときが必ず来る。そのときに初めて手を差し伸べてあげてください。

「なるほど」（爆笑）

オレ入信する、そこ（爆笑）！　それは犯罪よ（爆笑）。そんなトークライブ、全体的にね、笑いが絶えないトークライブをやってきましたけれども。その中で、上祐さんがボクに振るわけですよ。で、振ってる話題は、

「家が無いそうで……、何で家が無いんですか」

「……いや、別に要らないじゃないですか？」

って、言っていたら、

「はぁ……、はぁ……」

とか、言いだすのよ。

「どうしたんですか？」

「いやぁ、こしらさんっていうのはねぇ……」

「何ですか？」

「……インド哲学の体現者なんですよ」

オレ、インド哲学の体現者になっちゃった（爆笑）。上祐さんは、インド哲学を学ぶために一所懸命やっている。でも、オレは知らず知らずのうちに……（笑）、インド哲学を体現してしまっているわけよ。

だから、言ってみたら、上祐さんはオレを目指しているんだ（爆笑・拍手）。凄いよ、オレ。だからインド哲学は、訊いて（爆笑）。オレがインド哲学だから（爆笑）。

今までは、本当に小さいところで戦ったなぁと、思って。それこそさぁ、落語会みたいな枠とかねぇ。立川流に行ったらねぇ、今、四天王って、何で五つ枠を作ってくれなかったのか、四天王だからほら……、とりあえず一番いけそうなのは談笑師匠じゃん。談笑師匠を追い落とせば四天王になれるだろうと、「いやぁ、無理だろうなぁ」と思いながらね。そうすると、「四天王、無理か」と思って、「じゃぁ、志らく一門の括りにしよう」って思うとね、志らく一門の、オレは一番弟子だったけれど、今、三番弟子になっちゃったからね（笑）。そんなことがあったりして、「一番って難しいな」と思ったけど、違った。だって、言ったら、オレはインド哲学の継承者なんだから（笑）。

そんな瑣末な戦いに、気を煩わせる必要はないわけですね（笑）。インドに何人住んでいます？　あそこの頂点よ。……本当に困ったら、訊いてよ。オレ何でも答えられちゃうから。何故なら、インド哲学の継承者だからねぇ、オレは。あの上祐さんが認めたんですよ、オレを。家が無いってことでね（笑）。

もう全てのことを、俯瞰して見れますね。もう、本当に細かな出来事よ、何にしたって。「韓国、……頑張って」（爆笑）、そんな感じね、もうね本当に全然問題ないですよね。「これだな」と思いながら、インド哲学に相対するわけですよね（笑）。

オレの暮らしがインド哲学だからさ。そうだよ、インド哲学の継承者だって、上祐さんに言われている。オレ、来月にインドに行くから。来月に、オレ、インド公演なのよ。多分、帰ってくるとき、信者を引き連れて来る（爆笑・拍手）。ビックリするよ、成田空港に何かターバン巻いた奴をいっぱい連れて来てね、そうしたら、ゴメンね、迷える子羊をねぇ、……子羊ってキリストか？　まぁ、いいやぁ、全て含めてですよねえ。やっぱり人生分かんない。ひょっとしたら、オレ、向こうで監禁とかあるかも知れませんね。だって、オレ、神じゃん（爆笑）、インド哲学で。そうしたら、

「コシラサァーンヲ、日本ニ帰スワケニハイキマセン」（爆笑）

って、インド人に囲まれちゃってさぁ。分かんないよ、1ヶ月後ぐらいに、ヤフーニュースで、オレが神輿の上で腕組みしているかも知れない（爆笑・拍手）。なんか、落語家がおかしなことになったみたいな報道でね。ウチの師匠のコメントで、

「いや、俺の弟子じゃないんです」（爆笑）

だったら、面白いなぁなんて……。

ウクライナの貧しさと純心さ

２０１９年10月４日　お江戸日本橋亭　『こしらの集い』より

【まくらの前説】

中東のハブ空港……　ハマド国際空港。22平方キロメートルの敷地を持つ巨大国際空港。

里う馬師匠……　十代目土橋亭里う馬。１９６７年に七代目立川談志に入門。惣領弟子であることから、現在の落語立川流の代表者。

ぜん馬師匠……　六代目立川ぜん馬。１９７１年に七代目立川談志に入門。落語の実力は折り紙付きの落語立川流の重鎮。

キーウ……　ウクライナの首都。以前はキエフと日本語発音されていた。

フリヴニャ……　ウクライナの通貨単位。

ロシアとの戦争……　こしらがウクライナを訪れた２０１９年は、２０１４年にロシアがクリミア半島に侵攻したクリミア危機が継続中で、散発的に軍事衝突やテロが行われていた。

森末……　森末慎二。１９５７年生まれ。１９８４年ロスアンゼルス五輪の体操競技・鉄棒の金メダリスト。のちにタレントに転向。

X－GUN……　１９９０年に結成されたお笑いコンビ。ホリプロコムに所属。

ウクライナに行ったんですけれども、先ずビックリしたのは、寒い（笑）。凄く寒いのよ。サウジアラビアのほうを経由して行ったので、凄く安かったのね、しかも成田から乗ると、安いのを知っている？

羽田からだと高いけど、成田から行くと安いのよ、飛行機代が。やっぱり千葉だから、土地代が安いのね（爆笑）。消費税とかも、多分、千葉まだ８％よ（笑）。千葉の落花生圏からさ、中東に行ったんだけど、暖かいのよ。

中東のね、ハブ空港みたいなところが、ドーハ。ドーハの悲劇で覚えていて、ドーハ。空港内でモノレールが走っているの。このモノレールがどこに行くのか分かんない（笑）。フニャフニャ字だから、読めねぇよ。もう、きっかけすらないのね、アルファベットなら、まだどうにかさ、「イケるかな」ってなるけど、このフニャフニャ字は、もう無理だわ。まぁ、下に英語でＥＸＩＴって書いてあんだけどね（爆笑）。

もう、空港の作りが、大きくてさぁ。こんな場所で迷ったら——迷ったらっていうか、あそこの隅のほうで隠れていたら、一生見つからねぇよ（爆笑）。監視の目もないしさぁ。乗り継ぎで降りたんだけど、暖かいのよ、中東は。気温を見ると、三十何℃となっているけれども、空港内は超快適なのよ。しかも、建物が凄く大きいわけ。あれだけの建物の空調をさぁ、全て管理しているって、これ凄ぇ金かかっているぞ……と。

石油が出るから金を持っているんだろうねぇ、「豪華だなぁ〜」と思いながら、到着したウクライナが凄ぇ寒いのよ。もう、ガタガタ震えるぐらい寒いの。もう寒くて、寒くてしょうがないわけよ。

ウクライナの大使館だか、領事館の、オレ、その区別がつかないんだけれども、そこの人がいろいろとアテンドしてくれるって言うんで、その人が、オレと同じ名前なのよ。……ダイスケ（笑）。オレ、そこしか覚えなかったから、……オレ、人の名前はねぇ、ともかく覚えないのよ。いや覚えなくちゃいけないのは分かってるけれども、覚えないのよね。で、なるべく人の名前言わずに、暮らしているわけね（笑）。だから、いっぱい立川流の重鎮が居ても、その人の目の前まで行って、「師匠」って言うわけ。そうすると、里う馬師匠でも、ぜん馬師匠でも、いいんだよね（笑）。遠くから呼ぶと、皆、「師匠」って呼ぶと振り返っちゃうから、わざわざ近くまで行って、

「……あの、師匠……」

って、言えば、これは失礼に当たらないから。

で、アテンドしてくれる人の名前は覚えられないけれども、その人が、ダイスケっていうのよ。で、名字を覚えていないわけ。ダイスケしか、知らねぇじゃん、そうすると。で、なんか、

「ダイスケさん、ねぇ……」

って、言うとさ、先ず日本人のコミュニケーションとして、おかしいでしょう（笑）？　人の名前で、下。しかも男性でさぁ。女性でね、「ユミちゃんはさぁ……」みたいに言うと、「馴れ馴れしい」となるけれども、かろうじてセーフじゃん。男で初めて会った人を、下の名前で呼ぶってさ（笑）、結構、勇気が要るよね（笑）。だから、もう、「どうしようかな？」と思って……。でも、最初、

「実はボク、若林大輔（わかばやしだいすけ）っていう名前なんですよ」

「おー、一緒ですね」

「そうなんですよ。同じダイスケですよねぇ？」

って、

「ダイスケさんねぇ……」

って、……これならイケるの（爆笑）。いや、分からないよ、相手が、「ん？」って思ったのかも知れないけれど、オレからすると、オレは、ここでかましておきゃいいだろうと思って、もう旅のあいだ中、ずうっと「ダイスケさん」で通した。気持ちが悪いよ、自分の名前を呼んでいるんだからね。「ダイスケさん、ダイスケさん」ってさぁ、もう、しょうがない、漢字が違うから、違う、違う、違うって、思いながらね。で、

「寒いですね」

「でもねぇ、そうでもないですよ」

「え？　いや、寒いですよ。日本から来たけど寒いですよ」

「私も日本からですけれども、そんなに寒くないですよ」

「ええーっ、寒くないんですか？」

「いや、日本とそんなに変わらないですよ」

「じゃぁ、今日、たまたまですか？」

って、言うと、

「たまたまって……、日本でいうとねぇ、そうですね、大体、旭川と同じぐらい……」

「寒いんだよ（爆笑）！　それは寒いんだよ。北海道じゃないですか！」

「ええ、でも、北海道の自衛隊に居たんで、これは寒くないです」(笑)

オマエだけだろう、それをよぉ、言えるのは。……その人がね、いろいろね、あっちこっち見せてくれるって言うから、

「別に観光目的じゃないんで、いいです。とりあえず寒いんで、なんか、あの服を、着るのを買いたいんですけど……」

「持ってなかったですか?」

「持って来てないんです」

「じゃぁ、行ったほうがイイですね」

で、なんかユニクロみたいなところがあった。キーウが首都なんでしょう? 違ったらゴメンね(笑)。ウクライナのキーウっていう、そこのユニクロみたいところに行って、行ったら、もう、千フリヴニャみたいな通貨単位で(笑)、2千フリヴニャとか、「なんだ、これ? フリヴニャってのは?」って、思ってね。

千だからねぇ、幾らなんだろうと思って、で、オレは値札とか見るわけですよ。ウクライナ人も、そこに買い物に来ていてさぁ、値札とか見ているわけ。こうやって、見て、「あー」みたいな感じで見ているから、「高ぇんだ」って思った。ウクライナの人が高いと思うのは高級品だろうって思って、

「あそこは買わないで、ちょっと違うところに行きます」

違うところに行ったら、4千フリヴニャとかになっているわけ(笑)。同じような上に羽織るジャケッ

トが……。「こっちのほうが、全然高いじゃん」と思って、「何だこれぇ?」って、相場が分からないから、日本人からするとね。

「明日、早いから、さっきのところを見てきます」

凄ぇ、優柔不断な人になってね（笑）。

「さっきの店を見ていきます」

そこへ行って、

「この千って、日本円にしたら、幾らなんですか?」

「4を掛けたら日本円です」

4千円なのよ。ダウンが入っているちゃんとしたジャケットなのよ。だからユニクロみたいなところだと思って、入ったところが、ユニクロじゃなかったよ。もっといいところ、……ワークマンだったのよ（笑）。もうちょっと、無印ぐらいのところだったのね、入ったのが。ユニクロよりも、ちょっと高いですよみたいなところで、4千円で買えるのよ、それが。もう凄いふかふかよ、全然寒くない、なんなら暑くなるぐらいの。「へぇ～」と思って、

「これ安いですね?」

「こっちは物価が安いんですよ。じゃぁ、行きましょうか」

って、近所のスーパーマーケットに行ったのね。成城石井みたいなところじゃないよ、ね。もっともっと全然セイコーマートみたいな（笑）、……段々、志ら乃色が出ているね、今（爆笑）。アイツが居ると、

もっと詳しく話が出来る。セイコーマートみたいところに行ったの。そうしたら、パンが売っているんですよ。で、パンのところに0.2って書いてあるの。

「何ですか?」

って、言ったら、

「ええ、だからまぁ、0.2です」

「え? 0.2って何ですか?」

「4掛けてください」

「4を掛けたら、……0.8ですよね」

「0.8円ですね」

「……え〜!」と、思って(笑)、パン1個よ。まぁまぁ、直径5㎝ほどのパンだけれども、これが0.8円よ。……バカでしょう(爆笑)? これを0.8円で作ってる人が居るのよ。日本、全然景気イイじゃん。そんなもの、ブラック企業とか言うけれど、もっとブラックだよ、向こうへ行ったら。だってこのパン1つで0.8円だもん。落ちてるぜ、自販機の下とか(笑)、1円や2円ぐらい。ビックリして、……SIMカード、1ヶ月使い放題が千円しないのよ。日本だったら、だって千円だったら、もう、すぐギガがなくなっちゃうじゃん(笑)。「ギガなくなる」なんて、オレからすると、ダサい言い方なんだけれども(笑)、皆さんからすると、普通……。ギガが多い、とかねぇ? 「ギガ減っちゃったぁ」みたいな……、ああ、そういう話は不要か? そう、こうやって脱線するから長くなっているのよ。

でね、ウクライナは貧しいのよ。元々ロシアの仲間だったらしいけれども、ここから民主化運動があって、何か民主主義になりそうになっているんだって、今。で、ロシアが、隣の国が民主主義になっちゃうと困るからって言っていて、ちょっかいを出して、戦争が起こってるわけよ。なんか名指しでテロを起こされているとかさぁ、ヤバい国じゃん、そんなところ（笑）。「へぇ～」と思って、キーウではないけれども、その国境線のところで、いろいろそういうのは起こっている。

「怖いですね」

「いや、こっちのほうではないですよ」

同じ国の中よ。日本で考えたら、それこそ新潟でさぁ、韓国と戦っているようなもんじゃん（笑）。「ヤバいじゃん、そんなところ」と思ったけれども、

「いやぁ、キーウでは大丈夫です」

「へぇ～、でも怖いですねぇ」

「他にも怖い場所は、いっぱいあるでしょう」

「ああ、そうですかぁ？」

「こしらさんは、どこへ行ったことがあるんですか？」

「ボクはですねぇ、メキシコとか……」

「メキシコ!?　よく行きましたねぇ？　あんな危ないところに！」

知らねぇからだよ（爆笑）。「メキシコのほうが、安全だわ」と思いながら、まぁまぁ、ボクが行ったと

ころがねぇ、都市部だったからかも知れないですけれども、やっぱり行ってない人からすると、「ヤバい」っていう風に思っちゃうのね。どこの国へ行っても……、だってそういう情報しか入ってこないから。でも、結局、そこでは普通に暮らしている人は山ほど居るわけですからね。ヤバいことがあるかも知れないけれども、最低限、人が飲み食いして生きていく文化的な暮らしが出来る場所は、絶対あるからね。そこに行ってれば、先ず、……運が悪い人はしょうがないけれど、そうじゃなければ、「その人と同じような暮らしが出来るんだな」と思いながら行ったけど、……全体的に暗いのよ。地下道があるんですけど、あの大きい通りがあって、その通りは渡ると、地下道を通らなきゃいけない。その地下道にね、いっぱい店が入っているんだけども、その地下道が暗いのよ。

20ｍに1個ぐらいしか電気が点いてないわけよ。店というのも、あの、暗いですよね。日本だったら、店の中ってどうにかして見せようとするじゃない。ガラス張りになっていたりして、「ウチは、こういう店ですよ」みたいな、「お客さんが入っていますよ」みたいな……、特に美容室なんか必ず表通りは、全部ガラス張りにして中を見せたりするけど、向こうは違うのよ。入り口ですら、ガラスになってないから、何の店か分からない。それが20ｍおきに電灯が怪しく光っている中、意味が分からない店が並んでいる。もう全部、クスリの取引をしているとしか思えない（爆笑）。

でも、ちょっと勇気を出して、入ってみようってんで、そういうところにね。ドアを開けて何かあったら、走っちゃえばいいんじゃない（笑）。オレ、脚力に自信あるから、……開けて、銃撃ってやられたら終わりよ（爆笑）。開けて、ビックリしたのは、そのお店、縫いぐるみのお店だった（爆笑）。可愛らしいウサギが一斉にこっちを見ているわけよ（笑）。逆に気持ち悪いわ。「失礼しました」みたいな感じでね、ドアを閉めてね。

祭りがあったんですね。たまたまボクが行ったときに、大通りで祭りをやっていて、「あ、祭りは面白いなぁ」と思って、見に行ったんですよ。そしたら、夜店とか全然出てないのよ。ちょっとスタンドみたいなモノがあるんですよ。軽食が食べられますよ、みたいなところが、夜遅くまで開けていて、それが夜店の代わりに、……たこ焼き出す代わりに、ホットドッグ出していますよ、みたいなところが開いているだけで、……普通、だって日本の祭りだったらねぇ、一般的にたこ焼き、お好み焼きが出るじゃないですか、全然出てない。

その代わりに遊技場みたいのが出ていて、まず一つは20mぐらい先に、こんなちっちゃいゴールがあって、そこに瓶が2本立ててある。で、20m手前のこっちにサッカーボールが置いてある。

「あれ、なんですか？」

って、訊いたら、20フリヴニャ払って、そのボールを蹴って目の前の瓶を1本倒すと、100フリヴニャ。2本倒すと、200フリヴニャになるっていう、ゲーム。……何だろ、貧し過ぎるとそうなるのか？って、いう……（爆笑）。「え～！」と思って、……普通のボールだし、瓶だって持たしてもらったけれど、そこまで重いわけじゃない。「これは、イケるかなぁ」って、思ったけれども、……1本倒しただけで100フリヴニャって5倍じゃん。「何で、皆、やらないの？」と思って……。だって、それこそ、ヨーロッパのほうってサッカー、野球より全然サッカーのほうが流行っていたりするから、こんなの誰でも出来んじゃん。「なんか、裏があるのかなぁ」と思って、見ていたら、他にもあるの。

段違いに鉄の棒が渡してあって、そこにねぇ、ネットがかかっているんですよ。で、このネットがクルクル回るの。20フリヴニャ払って、クルクル回って、そのネットに2分間しがみついていられたら、200フリヴニャになるの（笑）。もう、何だろうなぁ？ 日本の小学生に、発明させてあげて（笑）。もっと面白いゲームを思いつくから（爆笑）。夜店では、それがもうメインだったりするんですよ。他に何の楽しみもないから、20フリヴニャを払うという、そういう人はなかなか居ないから、皆、周りで待って見てるわけ。

払うとなると、「ワーイ」って盛り上がって（笑）、皆でそれを見るのよ。

で、もうちょっと行ったら、鉄の棒がただあるだけ。これはちょっと高いのよ。50フリヴニャ（笑）、50フリヴニャ払って、2分間ぶら下がってられると、500フリヴニャになります。マジかよぉ（爆笑）！ 10倍じゃん。4掛ければ、日本円だから、50掛ける4で2000円よ。2000円の元を払ったら、2千円になって返って来るのよ。なんで、森末これをやらねぇんだ（爆笑）？ 「森末、ここで、荒稼ぎしろよ」って、思ったんだよ。

「イケんじゃん」と思ったんですが、その鉄の棒に細工がしてあるんですよ。ただの棒があるわけじゃなくて、棒の周りに鉄パイプが仕込んであって、だからこの鉄パイプを握るんだけれども、棒とは連動してないから、クルクル回るのよ。この棒が、ね？ オレ、皆さんには、今までひた隠しにしていたけれども、小学校、中学校と懸垂は、ずっと学年トップだった。今まで、ずっと内緒にしていたの（爆笑）。これだけは言うまいと思ったけれども、つい言っちゃう、オレの一番カッコイイところ（爆笑）。……でも鉄棒が得意ってわけじゃないですよ。懸垂が得意だったんですよね。だから、「これ、イケるな」と思って、

「試しに、ぶら下がっていいよ」

って、言うから、ぶら下がったわけ。ぶら下がったら、これがクルクル回る。「なるほど」と思って、これね、ぶら下がると段々疲れてきて握力がなくなるとね、手首がねぇ、下向きから前に出て行くわけだ。こうなってくると、顔が出て、頭が出るんですね。頭が出ると、重心が前に行くから、余計回るわけ。だからここでまた握り直したら、力がかかるわけだから、長くぶら下がる場合は、この手首の力をしっかりと持って……、オレ、懸垂トップだったから（爆笑）。その辺は、専門家として言えるわけよ。こうして、頭の位置を体の中心からズレないように、こうやってぶら下がっていれば、イケるな。なるほど、オレ、イケる（笑）。昔とった杵柄だ。2分イケるぜと思って、

「あーあー、オーケー、オーケー」

って、50フリヴニャ払う現金が無かったから、ダイスケさんに、

「すみません。貸してください」（爆笑）

現金が無いからねぇ、ダイちゃんに払ってもらってねぇ、で、ぶら下がったわけ。「よーし、一丁やるぞ」って、パーンとぶら下がったら、ビックリ！　四十肩が痛ぇのよ（爆笑）。筋力は、未だ全然いけるの。四十肩が痛ぇの、左肩が（笑）。

「痛ぇー！　痛ぇー！　痛ぇー！」

って、言っていたら周りに人が、大勢集まって来る（爆笑）。「始まったぞぉ！」みたいな、「ゲームが始まった！」みたいな……、

「痛ぇー！」

だって、ほら、このあと落語会があるからさぁ、あんまり無理しちゃいけない。「もう、無理だぁ！」と思って、パァーッと手を放したら、……24秒（爆笑・拍手）。周りが、

「（拍手しながら）ウワァー」

それだけで、盛り上がられるんですよ。鉄棒に、ぶら下がるだけで楽しめるっていうね。

まぁまぁ、これからね、民主的なものがドンドン広がって、ってなるかも知れないですけれども、本当にね、どこに行っても暗かったですね。もう行く場所、行く場所、暗くてそういう中で、一応落語会なんかも演ったんですけれどもね。最初に、大使館関係の施設で落語を演ったんですよ。

そこに、大使館で働いてる日本人が半分、10人ぐらいかな。あと半分は、大使館で働いているウクライナ人なのよ。

「じゃぁ、落語演りますよ」

って、言って、落語を演ったんだけれども、まぁ、オレが喋ると日本人が盛り上がる。大使館で働いてる日本語が堪能なウクライナ人は、盛り上がるんだけれども、そうでもない人は何言ってるか分かんないから、隣の堪能なウクライナ人が通訳するわけよ。最初は気にしてなかったんだけれども、通訳の人が通

訳してる間に、オレが面白いこと言うじゃん、盛り上がるじゃん。段々、イライラしているのが見えてくる。これは通訳し終わるまで待ってやろうと思って、演っていた。折角だからさぁ、初めて来た人もね、こういう意味で面白いと思ってほしいんですよ。「布団が吹っ飛んだ」って、どうやって通訳してるのかなぁ（爆笑）？　と思いながらね。

一席目は、分かり易い奴ね。

「『時そば』ってのを、演ります」

『時そば』だったらさ、1回目上手くいって、2回目失敗するだけだから、別にオチとか分からなくてもいいやと思って、演ったんです。そうしたら、皆、面白かったと言ってくれたんです。日本語が分からない人に、

「何が面白かった？」

って、訊いたら、

「あの音が出るところ」（笑）

声は出すよね（笑）。で、演っていて、目の前に座った日本人に、

「何か聴きたい噺がありますか？」

ボクが漠然とね、訊いたら、

「『死神』を演ってくれ」

って、言うんですよ。

「……いいけど、日本語が堪能じゃない半分は置いて行くよ。誰も分からないですよ」

「あの、私が聴きたいんです」(爆笑)

凄ぇなと思って、海外に住んでいる日本人って、協調性ない(爆笑)。本当に、日本人の心を忘れている。

「皆さん、いいんですか?」

「……まぁ、彼女がいいなら、いいんじゃないですか……」

「じゃぁ、演りますよ」

って。『死神』を演ったんです。そうしたら、何も分からないウクライナの人が、

「凄い」

って、言ってくれたのを通訳してくれる。

「何が凄いんですか?」

ムニャムニャなんか話しているわけ。で、通訳の人が、

「あっ、何が凄いかは分からない」(笑)

じゃぁ、何でもねぇじゃねぇか(笑)? まぁ、それでも、もう1公演やってねぇ。

で、次に今回、初の試みで、ウクライナの路上で落語会を演って、それをネットで見れますよっていう手を打ったんですよ。ウクライナの路上ですから、あの階段のところね、座布団置いて、ちょっと離れたところにカメラを置いたり、スマホを置いたり……。あれよ、あれ盗まれたら、どうしよう(爆笑)。い

や、掏摸が多いから気を付けてとは、言われたんだけれども、あれ盗まれたらどうしようと思ったら、ダイスケが来てくれて、見張っていてくれて（笑）。そこで、日本に居る人に向けて、ボクは落語会を演ったんです。

で、普通ね、路上で落語にしてもなんにしても、何か演ってるってなったら、日本人だったらさ、ちょっと近づかないじゃん。「何か演ってるな」と思ったらね。階段の途中だとしても、遠くから見たら分かるから、避けたりするじゃん。違うのよ、あそこの人。気にしないで、オレの目の前を歩くのよ（笑）。オレがこうやって演ってると、こっちで子供がギャーギャー騒ぎだしたりするわけ。他所でも、いいじゃん。で、配信中はなかったけども、配信が終わった途端よ。子供が、「金くれ。金くれ」みたいなことを言うわけよ（笑）。逆にオレは路上で演ってんだから、お前から貰うのが普通だろと思いながらも、全く気にしねぇんだ。で、途中から、

「ワッホーイ！　ワッホーイ！」

みたいな、凄ぇ煩い外国人とかも居たのよ。で、ダイスケさんにね、

「あれ、何て言ってんですか？」

って、訊いたら、

「『ここで面白ぇの演っているよ』って、言っていた」

「じゃぁ、友達に伝えたんですか？」

「多分居ないと思うよ、アイツに友達は」（笑）

だから、もう、何だか分からないのよ。とにかく、全部が分からない。分からないまんまで、演ったんですけれどもね、遠巻きにね、皆が見ていたりするのよ。日本語しか、演ってないのよ。そこで、オレは『御神酒徳利』演ったのよ（爆笑）。アッハッハ、ウクライナの路上で『御神酒徳利』を40分演った奴って、オレが初めてだと思うよ（笑）。

で、次の日が大学で落語を演ったんですよ。「大学の日本語コースをとっている人向けに、落語を聴かせてやってくれ」みたいな……、また、無茶なオーダーだと思いながらねぇ。行ったんですね。行って始まるまで、凄い時間があったから、大学の表に出たんですよ。したら、表で、学長が普通に歩きタバコしているのよ（笑）。「いいんだ、この国は」と、思いながら、「じゃぁ、オレもここでタバコを吸っていいんだ」と、思ったら、隣にいる人が、チラチラ、オレのことを見ているわけ。日本人だし、ちょっと歳がいっているじゃん。

だから、学生じゃないじゃん、オレは。どう考えても。着物着ているしねぇ、これから落語を演るから（笑）。なんかあるんだろうなと思っているのか、チラチラ見ているから、しょうがないと思って、

「ハァーイ」

やったら、

「……あのう……」

日本語出来たの（笑）。でも、ネイティブな日本語じゃないわけ。片言の日本語な感じで、

「あ、日本語、喋れるんですか？」

って、訊いたら、

「ハイ、ちょっと、ちょっと……」

「どうしたんですか?」

「あのう、昨日、階段のところで、なんか……」(爆笑)

見てたんだぁ!　と、思って……。階段に居たところを見ていたんでしょう(笑)。

「なんですか?」

「あれは、落語って言うんだ。日本の1人で演る奴なんだ」

「ああ、そうなんですか……、はい、……あれ?」

「あれ?」って、言うわけよ。

「なんですか?」

「なんか、どっかで、あなたを見ました」

「どっかで……、昨日見たんじゃないですか?」

「あっ、学校に貼ってあったポスターです!」

「なんだそれ?」と、思って、学校の中で見たら、「オレが、落語を演ります」ってポスターが、学校中に貼ってあったのよ(笑)。だから、オレは有名人なの、その学校へ行ったら。どうも、皆がオレのことをチラチラ見てくるなと思ったら、「ポスターに写っている人が来てる」ので、皆が見るわけよ。だから、ウクライナって凄く小さいから、まぁ、考えてみたら、秋田の山奥のちっちゃい都市だと思って。そんなところにさ、都会から有名人が来ちゃったら、皆が色めき立つじゃん。そうでしょう？　だって、XーGUNが来たってだけで、皆が、「ええっ！　XーGUNが来るのぉ！」って（爆笑）、なるじゃんよ、秋田じゃぁ。未だ芸人をやっているのかどうか、知らないけど。そんな感じなのよ、よくは知らないけれど、何かそういう有名な人が来ているんだみたいな……。

で、オレが行ったら、もう、凄ぇのよ。それこそ、百人ぐらい入る教室かなぁ、そこが8割方埋まっているわけ。「落語を聴きたい」って、言って。

「日本語は、どれだけ出来るの？」

ってね、

「最初は、ダジャレから行こう、ダジャレから。『猫が寝転んだ』」

って、言ったら、皆が、

「猫が寝転んだ」（笑）

まぁ、いいや。リピート・アフター・ミーみたいなノリで（爆笑）。「今のは、カリキュラムです」――みたいな感じでね。で、ダジャレをやって、

「ねぇ、そうでしょう？　布団が吹っ飛ぶから、布団が吹っ飛んだね？　分かる？　分かる!?」

向こうの人は反応が乏しいのよ。北の人って、やっぱり反応が悪いね（笑）。世界的にね。北に行けば行くほど、悪くなるから、「ああ、そうなのか」と、思って……。そこに日本語クラスの先生が居たから、

「先生、ボクのこれ、伝わっていますか？」

「アア、チョット分カラナイ」

これすら、伝わらないのかよ（爆笑）。じゃぁ、無理じゃん。

ちょっとずつやっていくと、少しずつ皆も笑いどころが分かって来る。意味が分かんなくても、「今、笑いどころだな」って分かるのよ。それで、ちょっと盛り上がったりするわけよ。まぁ、『狸』とか、分かり易いからね。『狸』とか、演ったりするとさぁ、……ちょっと変な声を出したりするじゃん。盛り上がるから、ワァーッとなったりする。で、『狸』なのに、意味もなく与太郎とか出したりして（爆笑）、どうせ分からねぇからと、思ってね。

で、最後ね、

「じゃぁ、皆も、落語を体験……、落語を演ってみよう」

って、何人かを表に出してさぁ、小噺を演らせて、脇から突っ込んでね。オレが子供向けによくやる奴だったりするんだけど。「ネズミがチュー」みたいなことをやらせるわけですよ。「はい、拍手」みたいなことをやって、結構1時間、充実した時間になったわけよ。

「じゃぁ、これで終わりです。ありがとうございました」

って、ビックリよ。皆、終わったら、ワーッと集まってきて、

「サインしてくれ。サインしてくれ」

「えっ～」と、思って、もう、1人ずつサインしてさぁ……、そのときに、オレ、スマホを脇に置いてたのね。で、落語を演りながら、ポケモンをやってたわけ（爆笑）。1人が見つけたの、それを。で、

「ポケモン ＧＯだ！」

って、言いだして、すると、皆が、

「ポケモン ＧＯをやってる、この人」

みたいな感じで、寄って来たわけ。しょうがないから、

「ああ、やってるよ」

って、スマホを見せた。オレ、レベル40。そいつらねぇ、23ぐらいしかねぇのよ（笑）。学生で、それはねぇだろうと思いながら、こうやって見せたら、

「アー！　凄ぇよ、こいつ！　凄ぇ、凄ぇ」

みたいなことになって、

「ウワァー！　オーイ！　オーイ！　ポケモンマスターが来たぁ！」（爆笑）

もう、次から握手じゃなくて、

「フレンド登録してください」

皆、スマホ持ってきて、「見せてくれ。見せてくれ」みたいなね。日本でしか捕れない奴とか、あとね、アメリカでしか捕れない奴を見せてやったら、

「ウワァー！　ウワァー！」

これ1時間やればよかった（爆笑）。何やってたんだ、オレは。次からは、ポケモン講座だなぁなんて、思ってね、やって来ましたけれど。

全くお金にはならないけれども、凄いピュアですよ、生きてる人たちが。だから、確かに皆さんが言うように、分かる。美人が多いっていう、あれ。美人が多いって、なんで美人なのかと思ったら、信じているのよ、彼女たちは（笑）、いろんなこと。姿かたちではないピュアだから、いろんなことを信じて、平和ってあるんだ。正義ってあるんだ。それを信じてるから、姿かたちまで、綺麗になっているのよ。ここにいる皆は、顔かたちしか見てないでしょう。

日本の女性だってそうよ。信じてねぇから、そういう顔になっちゃうのよ（爆笑）。オレは、分かったもん、「ああ、成程」と。大使館の関連施設で演ったときに、女性が確かに結構多かったわけ。だから、

「また、来てください」

みたいな拙い日本語で言われたから、

「来ますよ、ボクは」

って、言ったら、凄い嬉しそうな顔をして、

「貴女のために」

って、言ったの。そうしたら、40歳ぐらいのオバチャンよ。40ぐらいのオバチャンが、顔を真っ赤にして、

「（顔を両手で覆って）ハァー！」

みたいな……（爆笑）、日本だったら、

「はい、はい、はい」

みたいな感じでしょう（爆笑・拍手）。だから、ブスなんだよ（爆笑）。ウクライナは違うもん。「貴女のために」って言ったら、「ハァー」みたいに恥じらって、「これは喜んでいるなぁ」と思ったから、

「わたしはねぇ……」

「はい……」

「あなたを……、今、……抱きしめたい」

「ハァァァァァァァー（顔を両手で覆って）」（爆笑）

もう、それくらいピュアなのよ。

こしらポイント

2019年11月5日　お江戸日本橋亭　『こしらの集い』より

【まくらの前説】

円天……　2001年に健康食品販売会社「エル・アンド・ジー」が円天と呼ばれる電子マネー形式の疑似通貨を発行し、元本を保証した上「100万円を預ければ3ヶ月ごとに9万円を支払う」との説明で日本国内の不特定多数から協力金と称して多額の出資金を集めた。円天市場と称して全国の高級ホテルなどで食料品から宝石類までが出品され「円天」で取引された。警視庁は詐欺容疑も含め出資法違反で強制捜査に着手した。現在では、偽造通貨にほぼ等しい評価を受けている。

何で忙しかったかっていうと、実はね、今、会社作ってんのよ。……これ、どうする（笑）？　……誰も求めてない話みたい（爆笑）。「お～」みたいにならない（笑）。なんない？　「会社作ってるんですよ」って、高座（ここ）の場で話す落語家、オレしか居ないよ（爆笑）。それなのに、そこに価値を見出さないんだったら、もうオレの意味はねぇわ！　会社をね、今、作っていて、今の会社とは別の会社を一つね、作ってるんですけれども……。

今ね、働き方改革とか言うでしょう？　世の中ねぇ、御上（おかみ）が、「こうしましょう」なんて言っても、クールビズにしたってそうじゃない。なかなか定着するまで時間かかったりとかさ、いまだに中小企業の営業の人なんかさ、そんな上着を脱げないよ、夏なのに……。そういうところをね、オレは改善していこうと……。もう違う、もうそんな、イイ落語とかじゃない（笑）。もうちょっとね何か、イイ世の中が出来るんじゃないかと思って……、凄いでしょ？　どうしたんだろ、インド哲学なのこれは（爆笑）？　改めてインド哲学に惹かれちゃっているのかも知れない。

これ、なんか違うなと……、もうグローバルな視点に立っちゃっているわけよ。もう皆は落語会とかで、手一杯でしょう？　違う、オレは。……人を見ちゃっているから、落語じゃなくて。もう目線が高過ぎるんだろうね、オレはね。皆、ついて来られないのはしょうがないよ（笑）。働き方改革だとかなんとか言うけれども、じゃぁ、皆さん、副業出来るんですか？　ここのお客さんの大半はパート、バイトだから大丈夫だと思うけれど（爆笑）。社員の人はね、副業なんて許されてない会社が多いわけじゃないですか。

じゃぁ、そんな中でね、日本だって収入だって減っている中さぁ、どうやって楽しく生きていくんだ？それは、難しいよ。じゃぁ、ここはオレが一肌脱ぐべきだろうと。えっ、何でそう思った？　オレ、何でそう思った（笑）？　誰からも求められてない収入を思うわけですよ。「何か手はないか？」と思ったときに、そうだ！　これは問題なのは、お金だというところに気が付いたわけですよ。

皆が、お金を稼ごうとするから、副業禁止になるわけです。現金の収入があったら、これ副業でしょう？　でも現金の収入が無かったら、これ誰も咎められなくない？　そうじゃないですか？　ね、いやそれがね、ひょっとしたら、もうちょっと進んだら、「仮想通貨もダメですよ」とかね、なるかも知れないですから、だからそういう現金じゃないもので、何か出来ないか？

オレ、決めたのよ。で、会社作って、この会社には誰が入ってもいいです。これ、凄くない？　だから、いいよ、無職の人でも（笑）。無職の人は、ここに来辛いと思うけれどもね。ボクの作った会社は、誰が入ってもいいいです。別に、社員ではない。社員にすると、オレが年金とか払わないといけない（笑）。それは無理ですから、全部外注です。

扱いは全員外注で、ボクが、「今、これをやってもらいたい。こういう業務があります。こういうタスクがありますっていうのを若干密室的なインターネット上で、発信します。そしたら、「これ、やります」って、皆さん言ってください。やってくれたら、ボクは皆さんに、〝こしらポイント〟をあげます（爆笑・拍手）。アッハッハッハ、何、形だけの拍手してんだよ、違うの、違うんだよ〜（笑）。小学生がお母さんに何か買ってもらうのとは、違うの。〝こしらポイント〟をあげるんです。で、この〝こしらポイント〟は何に使えるかっていうと、この『こしらの集い』を観に来るとき、現金の代わりに、〝こしらポイント〟で、来てください（爆笑）。どう、それ（……拍手）？　帰れ、そこ！　〝こしらポイント〟のダメなところに拍手してんだよ。「なにそれぇ、バカみたい〜」って、拍手してんだろ（爆笑）？

これはお金にしてはいけないんだ。やってもらったことに対して、ボクはお金ではなく、皆さんが現金を払って使っている部分に、直接、皆さんの労働の対価として、サービスをぶつけちゃえばいいんだ。「これだ！」と思ったときに、「いや待てよ」と。これ一方通行だと、オレが売ってるものは、そんなにねぇから、やっぱり限りがあるわけじゃないですか？

中にはね、まぁ、例えですよ。ボクが、「今度の落語会のチラシを誰か作ってください」って発信して、誰か作ってくれたら、〝こしらポイント〟あげます。その人には、〝こしら千ポイント〟ですよ（笑）、これは凄いポイントでしょう？　ええ、作ってもらったから千ポイントあげました。この千ポイントで、こっちではね、例えばボクが、「こういうプログラムが欲しいです」って、こっちが作ってくれた。〝こしら千ポイント〟あげました。こっちでチラシを作れる人が、千ポイントの〝こしらポイント〟を持ってて、こっちはプログラムを作れる人が千ポイントを持っているわけですよ。

今までは、ボクが基準になっていると、ボクの出したサービスに対してしか使えなかったけれども、「待てよ」と。これ、プログラムを作れる人とチラシを作れる人が、お互い、「ちょっとプログラムをやってるけれども、デザインは弱いんだよな。デザインを誰かやってくれない？」ってときに、こっちの人が、チラシ作った人が、「私、デザインやりますよ」って言ったら、「本当にいいの？」、このときにサービスと共に動くのが、〝こしらポイント〟（爆笑）。

そうするとそこには、現金は発生しないんだけれども、サービスは受け取ることが出来て、対価として〝こしらポイント〟が入って来るわけですよ（笑）。〝こしらポイント〟をどうやって現金化するかっていうと、その手はない（爆笑・拍手）。〝こしらポイント〟は、現金には出来ないんですね。

現金に出来ちゃうと、それはまた税法上とかいろいろになっちゃうので、現金に換えることは一切出来ません。〝こしらポイント〟が延々と増えていくかも知れない（爆笑）。ポイントが貯まり過ぎちゃって、「あれぇ～、俺、『こしらの集い』に4千回行けるよ」（爆笑）

って、なるかも知れないですけれど、そういう何かね、経済体みたいなものを作れたら、これはね、だって税法上、何の文句も言えないんだから、ある意味、もう高度な脱税よ（笑）。

この出来上がったサービス、例えばねぇ、このプログラムが出来て、この人がデザインが出来ない。じゃぁ、デデザインは、この人にって、出来上がったサービスに関しては、この人が個人で商売すればいいんですよ。じゃぁ、別にそれは、ボクの管理下にあるわけじゃないんだからね。ただ、あくまでもその〝こしらポイント〟を使うグループ内にいる人がやり取りしているだけで、そっから先の現金は、その人たち、それぞれがね、考えればいいわけなんだから、これはいい手だと。だから、いろんな職種の人が来たらさぁ、パン屋さんとかいいよね。パン屋さんが来たらさぁ、パン屋さんで〝こしらポイント〟を使える（爆笑）。〝こしらポイント〟でパンを食べられるのよ（笑）。「これは、最高だなぁ」と、思ってねぇ。

たまにねぇ、暇なときとか、オレ、犬の散歩をしますよとかってさぁ、犬を散歩した代わりに、皆さんに払った〝こしらポイント〟を回収していけばいいわけね。皆さん、ほら、忙しくてさぁ、「ちょっと、犬の散歩行けないんだ」みたいことがあったりするでしょう？　……ねぇか（爆笑）？　そういう人は居ないのか？　オレが犬の散歩行くからって、で、オレが行って、〝こしらポイント〟回収すればいいわけですよ。……これ、どう？　オレ、凄ぇ発明したと思って、……眠れなくなったんですよ（爆笑）。もう、〝こしらポイント〟が楽しくてしょうがない。……全然、響いてないね、これね（笑）？　おかしいなぁ。多分、これがもうちょっと、ちゃんとなると、円天になるんだと思う（爆笑・拍手）。

これは、円天になるんだと思うんだよね。だから、目指せ円天ですよね（笑）。「どうにか出来るんじゃないかな」なんて思ったりしますけどね。そんなことを考えながら、会社を作っているのよ。もう、楽しいと思わない？　そんなんで、うわぁ～、どうしよう、これで、もう、現金という束縛から解放された地域が出来ちゃうかも知れない。ヤべぇ～、みたいな。……この楽しさ、何で誰も分からない（爆笑）？

おい、かめ（かしめ）、オマエ、分かる？

「（袖からの声）分かります！」（爆笑）

分かんねぇじゃねぇか、おまえ。いや、これ、考えていたらねぇ、面白いなぁと思ってね。

アナログだから出来る優しさ

２０２０年11月５日　お江戸日本橋亭『こしらの集い』より

【まくらの前説】

こんなことしている場合じゃない……　新型コロナ感染症対策で東京都から都民に様々な行動制限が要請された。イベントの中止も、その一つで、多くのイベントがネット配信で開催された。

成金……　落語芸術協会所属の二つ目落語家・講談師の11名をメンバーとして、２０１３年から２０１９年まで毎週金曜日にミュージックテイト西新宿店で開催していた自主公演の名称。小痴楽、宮治、伯山などの集客力がある話芸家を輩出した。

ブラック師匠、裁判……　弟子と交際相手の女性をネタにした快楽亭ブラックの落語が名誉棄損にあたるとして裁判沙汰になった。

マイナンバーカード……　２０２０年、新型コロナウイルス感染症緊急経済対策として、国民全員に10万円の現金が給付された。マイナンバーカードを利用する制度もあった。

NFC規格……　近距離無線通信技術で、非接触ICカードの通信および機器間相互通信のこと。「かざす」動作のわかりやすい通信手段。

本日はお越しくださいまして、誠にありがとうございます。

何をやっているんでしょうね（笑）、皆さん、こんなことしている場合じゃないんですよ。やらなくちゃいけないことなんて、山ほどある筈なんですけれどもね、今日は選ばれた人だけです。

基本的には、「ネットでしか配信しません」という風に言ってますんで、これ見ている人は、「ネットでしか観られないんだな」って思い込んでいますから（笑）、それ相応の立ち振る舞いをしてくださいよ。いいですか、なんかツイッターとかで余計なこと書かない、特に広瀬さん、気をつけて（爆笑・拍手）！広瀬さんのツイッター読むと、さも目の前で見てきたんじゃないかって思われるから、「いや、ネット上で見ていてくれないと困るんだけどななぁ」みたいなのが、あったりしますけどね。まあ、いろんなね、事情があったりしますけれども……。もう今、大変ですね、コロナ……。大丈夫なんですか？　演って、そもそも。

もう、会場はイイじゃない、言ってみたら。ここは正直、誰も余計なことを漏らさないところだから（笑）、他に居る人たちはね、このネットの向こう側の人は、別よ（笑）。分かんないけど、でも少なくとも、ここに居る人たちは、絶対に、だってコロナウイルスにかかっても、誰も絶対言わないでしょう（爆笑）？　言う人居ないから、だから発覚しないわけ、これ日本の戦法でしょう、検査しないっていうのは。

「いや、違う、違う、違う、違う」って、言い続けて死ななければ、セーフじゃん、日本のやり方は。だから違うんですよね、誰も感染しない。そうすれば、「その心配も、無いなぁ」なんて、思ったりするわけなんですけれども……。

もう今ね、やっていいのか、（公演を）やっちゃいけないのか、みたいなね、ことがあったりして、寄席はもう再開しているでしょう。で、なんかもう、「人を入れていいです」みたいなことになっていますけど、だってわたしが入った頃、今から25年ぐらい前って、「寄席って、お客さんが来ないところだ」という風にずっと吹き込まれていたんですよ。「寄席なんか、客、来ねぇんだから」みたいな、それこそ鈴本だろうと、どこだろうと。

なんだろうなぁ……、最近の〝にわかな盛り上がり〟……、落語の（爆笑）。何が「成金」だ、バカヤロウみたいなねぇ。もう、なんか、暗黒時代を知っていますからね。もう浮ついた空気が、「今、ちょうどこれでクールダウンされるな」と思って。そう、落語ってね、マイナーじゃなきゃいけないのよ。なに、今日、深夜に番組やるって？　バカじゃねぇの（爆笑）？　そういうことをやっちゃダメなの。もう、なんだろうな、「えっ、ブラック師匠、裁判？」みたいな（爆笑）、そういう世界で、いいんじゃないのかなぁ、って思っていたんですけれどもね。

ウチの師匠を筆頭にね、このメジャー路線にドンドン出ていくと思うんですが、段々、メインカルチャーみたいな顔しだしちゃってねぇ、真打昇進だって、いろんなスポーツ紙が取り上げるよ。オレんとき、ゼロよ（笑）。まぁまぁ、普段の素行が悪いから、しょうがないですけれどもね。記者さんと、なんら円満な付き合いをしてないから、そんなことがあったりしますからね。

今は、一大転換期。どの業界もそうかも知れないですけれどもね。だって、4月とか3月なんて、今から1ヶ月とか2ヶ月前ですよ。そのときは何て言っていた？　あんたたち、

「もう落語を観られないんじゃないか」

「配信でもやってくれればいいのに」

って、しきりに言っていたあんたたちがさぁ、最近、何？　「高い」とか（笑）。「そんなに数は観られない」って……。何、それは？　皆が一所懸命やり始めていたら、なんで急にそんなに我が儘になるのよ（笑）？　まぁ、オレはね、前から配信をやってましたからね、気にならないわけですよ。

そうじゃない人たち、この騒ぎになって。「あ、そうだ。配信をやれば、皆、観てくれるんだ」って、そんな……オレみたいにですよ（笑）、まぁ、ここに来ている人たちは、気が付いているけど、神だからねぇ、オレは（爆笑）。ここでは神だからねぇ、知っているとは思うけれども。そうじゃない人たちがね、「こしらが出来るんだったら、出来るだろう」と思って、手を出すわけですよ。

出来ないの、そんな簡単には。こっちは、配信なんていつからやったと思ってんの、二つ目のときからよ。なんならオレ、前座の後半からやっているからね、配信って。もう20年選手よ。20年配信やってんのよ、これを予見して（笑）。もう、ノストラダムスより、全然、オレのほうが当ててるよ（爆笑）。これを予見して、20年前から配信やっているわけですからね。で、いち早く電子決裁を取りいれたのも、立川こしらですよ。今ね、現金でやり取りすると、これが接触に繋がるから、電子端末でやりましょうって、言っているんでしょう？　あれ、何年前からやっていますか？　（両手を広げて）予言者ですよ（爆笑・拍手）。

いやぁ〜、いいですね。ヤバい奴しか今日来てない気がしますね（笑）。こしら師匠は、実は、皆、バカだと思っているけど、……いや、バカな一面もあるよ。

それこそ、一昨日よ。10万円ゲットしようと、……遅くねぇ（笑）？　ネットに、スマホとマイナンバーカードがあれば、10万円ゲット出来るって書いてあったから、これじゃん。皆さんは、マイナンバーカードを持っていないでしょう？　大体持ってないのよ。「そこの銀行口座に紐付ける」って聞いて、「えーっ！　プライバシーが！」って、言うじゃん（爆笑）。本当に、おめえらさぁ（笑）。アッハッハ、オレの言う「お前ら」って、ここに居ない人を指して言っているんだよね（笑）。非常に乱暴な言い方をしているなぁと、思うんですけれども……。オレは早いから、……個人情報を差し出して便利になるんだったら、いくらだって差し出すわってね。ボクは作ってあったわけですよ。もう、皆さんと比べて、いち早くこの騒ぎになる前から持っているのが、このマイナンバーカードよ、電子化されている奴。これがあれば、コンビニでも、住民票とか取れますからね。「これ、いけるぞ」って、もう随分前に作ったわけですよ。

　それが、一昨日、初めて10万円の申請にチャレンジ（笑）。この情弱（情報弱者）さね（笑）、ここがアンバランスなところだね。「ようし、やってみよう」と、「これは、簡単だろう」と、ね？　だって、「こいつ、貰っているの？」みたいのが、貰っているわけですよ。（鈴々舎）馬ることかが、貰っているのよ（爆笑）。アイツが出来るんだったら、オレだって出来ると思って、やってみたら、パスワードを2回要求されるのよ。

　知っています？　ピッとやると、「4桁入れてくれ」って言うの。4桁だったら、ボクん中で候補は4通りぐらいしかないわけです、数字が（笑）。どれか当たるだろうって、2発目に当てたわけよ。「ほら、来た」と（爆笑）。進んでいったら、最後の最後で、「6桁から8桁を入れてくれ」って来たのよ。

「待てよ」と……、6桁から8桁っていうと、ボクの中での選択肢がね、20通りぐらいあるのよ（笑）、6桁から8桁でパスワードを打つときに。基本的にあれこれやって、「もう、これ以上ダメです」ってなるじゃないすか、「これ以上、間違えた人は、ロックします」って言う前に、「パスワードを忘れた人は、こちら」って絶対あるわけで、そこでパスワードを忘れたってことにして、再発行するの。だからオレ、20個ぐらい出来ちゃったの（笑）。一番初めにこれやって、違ったら、次これ、次これ、みたいにしているとね。で、やっていたらダメなのよ。日本政府は、「パスワードを忘れた人は、こちら」が出て来ねぇの（爆笑）、いくらやっても。で、ロックかかっちゃってさぁ、申請が出来ねぇのよ。

「勘弁してくれよ」と、10万円貰えると思ったのに。そしたら、「窓口に行って手続きしてくれ」って言うのよ。こんなIT先進国って無いじゃない（笑）。窓口に行かなくちゃいけない。しょうがないから、出張所みたいなところに行ったら、凄ぇいっぱい人が居るのよ、そこに。今、何の用があるのよ？　今、転入手続き無ぇだろうみたいな（笑）、凄ぇいっぱい居るの。そこにでかでかと、「マイナンバーカードのパスワードをロックされた方は、今、サーバー込み合っていて、大変時間がかかります（笑）。郵送にしてください」

って、書いてある（爆笑）。オレじゃん。しょうがないから、「もう、いいや、郵送にしよう」って……、折角ハイテクでやろうと思ったのに、郵送にしようと。郵送は難しくないですね。なんか、カードと……（笑）、お金を引き出せるカード、あれのコピーと（爆笑）、……分かんないよ、これ、お金を引き出せるカードって言ったら、そんなに持っていないでしょう？　皆さん（笑）。ある程度、絞られるわけじゃない。それのコピーと、身分証明書のコピー、これを一緒に封筒に、……しかも切手がいらねぇって、言うのよ。便利じゃん（爆笑）。普通切手を買わなきゃいけないのに、切手がいらないわけよ。これ全然、電子よりこっちのほうがいいわ（笑）。ちょっと書きゃぁいいだけだしさぁ。

だって、カードリーダーとかが、必要が無くて便利なんですよ。で、ボクが持っている、メインで使ってるスマホっていうのが、中国製で中国から輸入しているんですよ。その代わり、凄い性能がいいのよ。その代わり、日本のサービスがいろいろ出来なかったりする（笑）。でも、性能がいいから、それ使ったけど、それは日本のカードを読めないんだよ。NFC規格を使っているんですけれども、その中国のオレの買ったスマホっていうのは、NFCの一つ上の規格なのよ、最先端だから。でも、日本政府が「いいですよ」ってのが、一つ下の規格なんですよね。

だから、それは通らないわけ。古いスマホでやったりしてさ、「ああ、このスマホ、ダメか。このスマホ、ダメか」って、スゲぇ手間がかかるわけ。

だから、郵送は便利（爆笑・拍手）！　コピーして、ピッと貼って、もう、送れるんだもん（笑）。で、封をしなくちゃいけないわけ。封をするって無いじゃん、オレはデジタル人間だからさ。封しなくちゃいけないんだけど、なんか上手いこと、もう1回折り返せばって（爆笑）、思ったんだけど、「それは無理かなぁ」と思って、コンビニのレジところで、

「すいません、これちょっと封をしたいんで、あのセロテープってありますか？」

って訊いたら、

「あっ、それだったらやりますよ」

って、レジの人がさぁ、ピーッて封をしてくれてさぁ。……コンビニのレジの人よ。これアナログだから出来る優しさだよね（笑）。デジタルでは、こういう心遣い出来ないもん（爆笑）。アナログよ、これからは（爆笑・拍手）。皆、デジタル、デジタルなんて言っても、人と人とのふれあいでしょう？　アッハッハッハ、一番信用ならない。今ね、なんか最先端走っているくせしてさぁ、そういうことを平気で言うわけですけれども……。

西成ではクラスターが発生しない

２０２１年１月４日　お江戸日本橋亭　『こしらの集い』より

【まくらの前説】

ゆにおん食堂……　六本木２丁目にある居酒屋食堂。もともとは昭和52年創業の「ユニオン」という店名の喫茶店であった。時折、若手落語家や浪曲師が落語会を開催して、多くの演芸ファンにも親しまれていた。コロナ対策よる飲食店の経営危機を避けることが出来ず、こしら師も２０２０年の独演会は、ゆにおん食堂から無観客でオンライン公演を行ったり、〝まくら〟でゆにおん食堂を応援する電子書籍出版計画を披露していたが、店主のブログによると２０２３年１月に六本木の再開発で店を立ち退くことになったと記されている。

まあ、コロナ禍の中でも、先日行ってきましたよ、皆さん。大注目でしょう？　……西成（笑）。実はＰＣＲ検査を受けたのも、西成行きがあったからだったんですよ。西成、実はね、今年はもうイベント出来ないから、「なしです」って言われて、ボクも、「行くのはやめますね」って、返事をしていたんです。年末年始は、ゆにおん食堂で、『ゆくゆにおん、くるゆにおん』をやろうと思っていた（爆笑）。全然語呂が悪いけれども……。いろんなところと、ネットで繋いで、それこそお寺とかと繋いで、「すいません。これと絡んでください（笑）。どうせそこは参拝客は居ないでしょう」みたいなことを言って、やろうかなと思ったんですけれども、急遽、西成から、

「すいません。もし、よかったら来てもらえませんか?」

オファーがあって、

「どうしたんですか?」

って言ったら、

「内緒で落語会を出来そうなんで……」(爆笑)

そこまでして、オレは演りたいわけじゃねぇんだけどなぁ。「来てください」っていうわけ。この時期にオファーがあるというのは、ほぼ無いですから、「分かった」と。オレの落語を聴きたい奴が、違う……、オレの落語を聴かないと年を越せないホームレスが、西成に居るんだとしたら、……だって言ってみたら、ボクはホームレスの期待の新星ですからね(笑)。

ホームレスで、こんなに成功しているのは、今の日本でボクぐらいなんですよ(笑)。しかも若いわけですよね。自分がホームレスでね、もうある程度歳をとったときに、どこに自分の希望を託していいか分かんないってときに、ボクが現れたわけですよ。じゃあね、こしらの落語を聴かないと、……こしらの名前を覚えられないと思うんだけどね(笑)。毎年来る落語家のね、落語を聴かないと年を越せないって人が居るっていうからね(笑)。

スッゴイ事実を見つけましたね。西成に行って、驚きましたよ。西成で、コロナウイルスのクラスターは発生してないらしいんですよ。あんな密になるところ、無いですよ。どれぐらい密になるかっていうと、カウンターしかない飲み屋に30人ぐらい集まって来るんですよ(笑)。何故かというと、西成に住んでいるホームレスって、娯楽が殆ど無いんですよね。

競馬ね、あとはボートレースね、ギャンブルですよね、パチンコも含めて。それか、飲むしかないわけですよ。で、飲むっていっても、汚い立ち飲みしかないのよ。で、日本人が経営しているところって、親父がやってんの。何故かっていうと、そこに女の子1人でも入れようものなら、大変な日に遭うから（笑）。……直接的過ぎるワードを投げかけられる（笑）。「もうちょっと捻れよ」って言いたくなるぐらい、もう直接過ぎちゃうの。だから、親父がやっているぐらいなんですよ。実はね、女の子がいる飲み屋もあるんです、カウンターだけで。こういうのは、大抵、中国か韓国なんですよ。そこから来ている人だから、日本語分かんないじゃん。だから何言われてもニコニコしている。ただ飲むだけの人は、その汚い親父のほうへ行ってね。女の子を見たいっていう場合は、そこに集まるんだけど、皆、女の子を見たいから、そのカウンターだけのところに凄ぇ集まるの。でも、そこでもクラスターが発生しないんですよ。考えられるのは、……コロナになった瞬間に死んでる（笑）。

不思議と西成では、クラスターが発生しないんですよ、みんな路上でさ、酒飲んでさ、凄ぇ距離で喋っているのよ。何でかって言うと、お互いに耳が遠いから（笑）、声が大きくなっていくわけじゃんよ。で、喧嘩とか普通にしているわけ。喧嘩って無いでしょう、皆さん。なかなか見かけないでしょう？　爺と爺が取っ組み合って喧嘩しているところ（笑）。西成では、ちょくちょくあるから。町の辻々でやっているから（笑）。「あ、喧嘩かなぁ」と思ったら、犬と喧嘩しているから（爆笑）。凄いよ、だから、ソーシャルディスタンスとかの概念がない世界ですよ、日本で唯一。

そういうところで、クラスターが発生してないんですよね。だって簡易宿泊施設だってさ、そんなにキレイなところじゃないですよ。出入り口に消毒液なんて、一切置いてないですから。入ったら、三畳ぐらいしかないようなところに、もういつ干したんだか分かんない布団があって、点けても映らないテレビが置いてあって、ブラウン管ね、そんなのばっかりですよ。そういうところで、皆は暮らしているわけなんです。

劣悪な環境じゃない、今の我々からしてみたら。でも、クラスターは発生してないんですよ。だから、これは考えなくちゃいけないわけです。西成が発生しなくて、何故、我々のようなキレイなところで発生してしまうのか？　だから、西成にあって、我々の住む世界に無いものが、きっとある筈なんです。逆もありますよね。西成には無いんだけど、我々の世界にはあるもの。でね、1個あったんです。西成は、……あの、前歯が無い（爆笑・拍手）。全員と言っていいほど（笑）。

皆さん、普通は虫歯って出来るのは、奥歯から出来るでしょう。何故かっていうと、歯を磨くから。歯を磨くと、磨き残しが奥歯のほうに出来て、それで奥歯は虫歯になるわけですよ、歯を磨く習慣があるから。でも西成は歯磨き習慣がないから、まずガブッていって前歯からやられていくわけですよ。だから、皆、前歯が無い。思うにコロナウイルスっていうのは、先ず前歯に付着する（爆笑）。前歯に付着して、唇と歯茎のあいだで増殖するんですよ。そこで、培養されるの、コロナウイルス。で、ある程度培養されたら、身体中に広がっていくから、心配な人は前歯を抜いてください（爆笑）。

多分ねぇ、唾液よりも胃液に弱いのだと思う、コロナウイルスって。だから身体の中にね、培養されずに入った奴は、全部、胃液で殺せちゃうわけよ。ただ、前歯で増えるからねぇ（笑）。皆さん、前歯だねぇ、前歯を抜く。前歯が差し歯の人が居るじゃない。表に行くときは、まず差し歯を抜いてから、今はマスクしているから分からない（笑）。前歯が原因だったんですよ、あれ、実は。

なんか、皆、必死にさぁ、こんなビーカーとかで実験しているんでしょう。培養させて、「何が原因だろう」って、オレはいち早く気づいちゃったもんね（笑）。コロナウイルスは、前歯で増えるから（笑）。アイーンとか、ほら、志村さん、下唇を出しているでしょう？　アイーンのこれよ、これ。アイーンのこで、培養されちゃったのよ（笑）。……（苦笑）、ぶっ殺される（爆笑）。いろんな人に、オレはぶっ殺されると思います。

前歯は危険ですからね、とにかくこれだけは守ってくださいね。これが立川こしらがお勧めする、言うなれば、コロナウイルス撃退方法ですよ。いや、分からないじゃん、あと20年もしたらね、永久歯になった前歯を抜くっていうね、小学生ぐらいで、「前歯が生えて来たら抜きましょう」って、そんな世の中になっているかも知れない（爆笑）。分からないですよ、世の中がどう動くかなんて……。

アルコール依存症から考察する『芝浜』

２０２１年１月４日　お江戸日本橋亭　『こしらの集い』より

普通の『芝浜』……『芝浜』は、古典落語の演目の一つ。三遊亭圓朝の作とされる。三代目桂三木助の改作が有名で、以降は夫婦の愛情を温かく描いた屈指の人情噺と知られるようになった。大晦日に演じられることが多く、七代目立川談志の代表作の一つと数える者も多い。あらすじは、行商をしている魚屋の勝五郎は腕がいいのだが、酒好きで仕事に出ずに呑んだくれていた。ある朝、女房に諭されて嫌々ながら芝の魚市場に仕入れに行く。女房が時を間違えたために市場は開いておらず、勝五郎は誰も居ない夜明けの浜辺で顔を洗い煙管を吹かしていた。海中に沈んでいる革の財布を見つける。拾いあげ、長屋に戻って財布を開けると、四十二両もの大金が入っていた。喜んだ勝五郎は、長屋の仲間を呼んで大酒を呑む。翌朝、財布を拾ってきたことは夢だったと女房に告げられ、勝五郎は心を入れ替え禁酒して働くのだが、暮らし向きが良くなった3年後の大晦日に、女房から真実を告げられる。

実はね、昨年の年末ですよ。あの『芝浜』ね、オレ、４回演ったのよ。……普通の奴（笑）。普通の芝浜をよ、４回よ。で、客席は涙の渦よ（爆笑）。演りたくないさぁ。何で今、沖縄っぽくなってるの（笑）？　演りたくないさぁ〜（爆笑）。

演りたくはないけれども、何かね、もうね、違うの、みんな。いやほら、ボクのことを、凄い分かって来ているところでは、演る必要ないわけなんですよ。でも、そうじゃないところでも、ポツポツ、地方であったりするから、そうするとね、なんかね、疲れちゃったお父さんとか居るわけ。そうなると「『芝浜』始めます……、じゃないんだよぉー！」みたいに演ると、本当に明日、死んじゃうんじゃねぇか（爆笑）？　そんな気持ちになって、申し訳ないなぁと思って、普通の『芝浜』を演ったんですよ。

……泣くのよ（笑）。オレのだぞ？　泣くのよ、皆。だから、今ねぇ、どれだけ世の中が疲れているのかと、こしらの『芝浜』で泣いてしまうほど、世の中が疲れているんだと思って、そういうところで、オレは積極的に『芝浜』演ってたんですよ。「いやぁ、良い噺を聴いた」みたいなね……、そういう時代なんだろうなと思う。やっぱり時代のニーズに合わせてさぁ、やっていかなくちゃいけないと思って、『芝浜』を演るわけですよ。

それで当然、西成とかでもね、……もう人生を捨ててしまったさぁ、ホームレスとか来ているわけ。今までね、ずっと酒の噺の失敗談しかしなかったんだけど、『芝浜』を演ったのよ。さっきまで、ちゃちゃを入れていた奴が、しんみりしてさぁ、涙をこぼしながら聴いてんのよ。

何を重ねたんだか、分からないよ。だけど、我々とは違う何かを重ねているわけよ（笑）。「ああ、俺もあのとき、酒をやめていれば、こうなっていたのかも……」みたいなね、いろんな考え方があるんだと思います。そんな中で、アルコール依存症の支援をしている人っていうのが、西成の客席に居たんですよ。

そしたら終わったあと、「素晴らしい……（笑）。あの噺は、本当に素晴らしい」

まぁ、『芝浜』だからさぁ、素晴らしいと分かっているからさぁ、

「ああ、そうですよね。素晴らしい噺なんですよ」

って言っていたら、「素晴らしい」部分が違ったんですよ。ビックリして、実は、一番よくないのがアルコール依存症で、……アルコール依存症を支援している人たちは、もう、勝五郎はアルコール依存症って目で見ているわけ（爆笑）。了見が、こっちじゃなかったわけよ（笑）。あの人たちは違う、ピンと来るわけ。勝五郎は、アルコール依存症だ（爆笑）。アルコール依存症をずっと見てる人からすると、何が一番問題かっていうと、

「よくやりました。頑張りました。だからご褒美に、一杯飲みましょう」

これが一番よくないらしいんですよ。ここまで我慢して、我慢してきたものを、そこで一杯飲んでしまうと、また、そのアルコール依存の頃に戻ってしまうと、……あれはもう、二度と治るものじゃないから飲まないということを徹底しなくちゃいけないんだと。にもかかわらず、そこの奥さんは、一番ダメなやり方をしている（爆笑）。感動ポイントじゃねぇの？「こんなに我慢したんだから、飲みなさい」って、一番感動するところじゃん。

違うのよ。ムキーッ！ってなっている。アルコール依存症支援の人は、

「何で、あの奥さんは、酒を出しちゃうの？こんなに頑張って来たのにぃ！」（爆笑）

最後、そこまで言われても、自分の意思で飲まなかった。そこに感動したらしい……、違うよ（爆笑）！やっぱり視点が違うのは、面白いなぁと思います。

落語のタイトルは、誰がつけた？

２０２１年２月５日　お江戸日本橋亭　『こしらの集い』より

１時間後に合わせて来る人……　２０２１年頃の新型コロナ感染症対策の一つとして、イベントは早い時間に終了する等の開催制限が東京都によって決定され、各興行団体に要請された。それによって、イベントの開演時刻を早める決定がチケット販売後に行われることもあり、集客に混乱をきたした。

リクエストスペシャル……　立川こしらが年末に口演する落語演目のこと。観客からリクエストされた複数の落語を一つの噺として再構成して演じる。こしら師は、「私が演じる落語はすべて古典の改作＝二次創作である」と明言していることから、本書の〝まくら〟のあとに続く演目も、古典落語のタイトルであっても二次創作として改作されている。

（三遊亭）圓朝……　幕末・明治に活躍した落語家。明治の言文一致運動に大きな影響を与え、数多くの名作古典落語を作り上げたため、「落語の神様」「落語中興の祖」「大圓朝」などと、現代では評されている。

（冒頭のお辞儀から顔をあげて、空席が目立つ客席を見て）連絡がいっていない人が、いましたよね（笑）。今日、この時点で来ている人は、多分、分かっている人ですよ。ここで来てない人は、１時間後に合わせて来る人なんですよ（笑）。……どうする？　なんだったら、伝わるんですか。……よく分かった。オレのツイッターを見てないってことだ（笑）。電話するしかないですよ、１人ずつ（爆笑）。もう、なんなら連絡網を作りましょうか？　先ず広瀬さんから始まりますから（爆笑）。最後までいったら、広瀬さんのところにまた戻る。昔の連絡網みたいにするしかないかも、……すいません、ちょっと業務一つ増えちゃいますけど、いいですか（客席の広瀬氏に向かって）？　……いいらしいよ（爆笑）。いいわけねぇだろう、編集長に、何をやらせようとしているんだよ。

なんて、広瀬さんがウチに帰って言わなくちゃいけない（笑）。

「（広瀬氏の口調で）なんか、俺さぁ、急に委員長にされちゃってさぁ」

「どこで途絶えているの、電話ぁ？　全然返って来ないいんだけど」（爆笑）

アッハッハッハ、忙しい人に、そんなことをやらせちゃダメです。

なんだろう、皆さん、何を使っているんですか？　クラブハウス（爆笑）？　クラブハウスがいいの、そういうときに？　全員に招待を出さなくちゃいけないじゃない。しかもあれ、アイフォーンじゃないといけないっていうから、じゃぁ、アンドロイドの人はどうするの、みたいな、もうさ、無理なんですよ。……ライン？　ラインが好きなの、皆？　ラインって、あれK国に全部、情報を抜かれているんだよ（笑）。いいの、そんなことで。ボクは、ラインを使わないので、どうしてもこの人とはラインじゃないと、やり取りできない人しか、ボクはラインを使わないようにしているんですよ。

もう、いっぱいあるから。王道はツイッターのDMもあるしさぁ、メッセンジャーもあるでしょう。海外の人はワッツアップとか、そういうのがあったりしてさぁ、もう山のようにメッセージアプリがあるわけですよ、その中の一つがラインなわけでしょう。

で、なんか、「あのときに、お願いしましたけど……」みたいのが来て、「そんな記憶ねぇぞ」と思って、いくら捜しても無いわけですよ。「無ぇじゃんよ」と、思ったら、違うとこにあったりしてさ、集約してくんないから、オレが分からなくなるの。

だから、オレが合わせるから。何がいいのか、言って（笑）。……SNSがいいのかなぁ、そうしたら（……笑）。みんなの電話番号に一つずつ、メッセージを送って、「分かりました」とか、「了解です」とか、でしょう？　そういうのなら、いいけどさぁ。なんか、「ああ、そう言えば……」って、変な質問とか交じってくるのよ、そういうの（笑）。分からなくなるのよ。

イエスか、ノーかで、何か出来ないかぁと、思うんですけども……。これは、今の時点で開演に間に合っている人に言っても、ムダなんです（笑）。あとに来る人に訊かないといけないなぁと思います。

今日は、リクエストスペシャルなんですよ。皆さんからいただいたリクエスト、東京だけでなくね、各地の『集い』で、リクエストを受け付けたんです。それで皆さんからいただいた噺を数えたら、８本。８本を入れました。で、何を入れたか？　今、タイトルを言おうとすると、多分それだけで20分間かかります（笑）、思い出せないから。ストーリーは出てくるのよ。タイトルが出てこないんですよね。あれね、落語ってよくないのが、タイトルとストーリーが、あんまりね、思い入れなく付けているんですよ。

だって、元々演目って、楽屋で見るもんだったからさぁ、今みたいに貼り出してさぁ、お客さんが撮ったりとかする文化じゃないじゃん、昔は。楽屋で見て、前の人がこれ演ったんだって、目安ぐらいだから。多分、作者が付けてない可能性も十分あるわけですよ。

じゃぁ、誰がそのタイトルを付けたのってことになると、ネタ帳も書いているのは前座でしょう。あれ多分、その当時の前座が付けたって可能性が高いわけですよ。だって、『狸』ですよ（……笑）。

狸が出てくるから……、いや、作者だったら、もうちょっと捻りそうじゃないですか、ね？　作った人間だとしてさぁ、「狸が出て来るから、タイトルは『狸』」って言わないでしょう？　村上春樹やる、それ（爆笑）？　やらないわけですよ。だから絶対に、あの当時の前座が付けたのよ。そんなの心に刺さるわけがないじゃん、そんなタイトル。それが脈々と伝わって来ちゃったわけですよ。だから、タイトルと物語が合致してない。だから覚えられないです、ボクが。

……凄いよ、今、オレ。何十年前の前座のせいにした（笑）。自分が覚えないことを。これぐらいは遠いパスだから、誰も傷つかないからいいですけれども。多分、何、皆さんが知っている（三遊亭）圓朝が前座だったときに、付けた奴よ。……じゃぁ、いいじゃん（爆笑・拍手）。まぁ、どういう風にね、それが出来上がったか、分かんないんだから、タイトルが出てこないのは申し訳ないです。もうタイトルは、もう、後日発表です（笑）。

新発明のプレゼン

2021年2月5日　お江戸日本橋亭　『こしらの集い』より

今、未だコロナウイルスですから、話題は。ウレタンマスクの人居るんじゃないの、今日？　ウレタンの人が居たら、引っぺがしちゃっていいですからね。

「（マスクを剝ぎ取る仕草）効かないの、これぇ！　まき散らしているのぉ！」（笑）やってもいいかなと思いますけれどもね。ちょっとね、今、ボクが新開発のマスクを作ってるところなんです（笑）。もうちょっと待ってくださいね。部品は、もう届きました。あとは、これを装着するだけで、ちゃんとしたマスクが出来上がる。折角だから一部を披露目しましょうか。かしめ、持って来て、アレ。（気どった声で）弟子、例のモノを……（爆笑）。（弟子の立川かしめが、スマホ大の板状パーツを持って来る）

これが、……マスクです。マスクですよ。これこそが、新時代を牽引するマスクなんです。あの……、気の毒な目で見るのはやめてください（笑）。いいですか、これは何に使うかというと、……マスクの概念を一から覆さないと、今後、我々落語家は落語が出来なくなるかも知れないっていう。そんな時代になり得るんですよ。

ちょっと前、去年のゴールデンウィークあたりを覚えていますか？　舞台役者もマスクして芝居を演れっていうのが、一瞬出たんです。やっぱり、「それは、無しだなぁ」ってなりましたけれども、落語家の場合は1人だから、共演者が居ないから、大丈夫みたいのがあったりしますけれども、今後は誰が叩き出すか分かんないわけですから、「なに、落語家？　マスクしないで、演っていいの？」みたいになったときに、マスクをせざるを得ない、そんな時代が来るかも知れないわけですよね。でも、マスクしちゃったら顔が半分隠れるわけ。細やかな芸の人は致命的でしょう。ちょっとしたところでさぁ、人物描写しますみたいな、そういう人たちよ（笑）。……なんだろう、オレが悪口を言っているのが分かるのかなぁ？　そういう人たちは、マスクをして落語なんか演ったら、全然面白くないと思うのよ。

だから、マスクって何のためにしているかというと、これ飛沫が飛ばないように、飛沫を吸い込まないようにするためでしょう。だから、「もっと違う形状でもいいんだ」と思って、いろんな試行錯誤した結果、見つけたんです。

ポリ袋を被る（笑）、透明だから。ポリ袋を被ると透明でしょう。飛沫は絶対に飛ばない。コロナウイルスは、ポリは絶対に通らないよ。向こうからも入って来ないし、ポリ袋被ったら透明だしね、今は、クリスタルパックってあるから。透明度100％みたいな奴。これを被って演ったら、表情も見えるし、飛沫も飛ばないし、こちらも飛ばさない。完璧じゃないすか。でもね、演って15分ぐらいで気がついたのよ、苦しいの（笑）。苦しいところで開発しましたのが、こちらのファンです。

このポリ袋に、このファンを首のうしろに装着するんです。このファンは、ただのファンじゃないんですね。まずはこちら、考えられています。これＵＳＢ接続が出来ますから、皆さんがお持ちのモバイルバッテリーに繋げばいいだけなんです。しかもツインファンですよ。このツインファンは、何のためにあるか？　実はね、片方は排気、片方は吸気になっているんですよ。なんか今日、商品説明会みたいになってんじゃん（笑）。皆さんのお手元に、新時代を！　これからはタブレット端末、スマートフォン端末、そういったものは使わなくて済むわけなんです！　……いや、そうじゃない（爆笑）。

皆さんの生活の次の第一歩は、そう、このファンにかかっている（笑）。新しい未来を見せましょう。これからの人類は、全員がポリ袋を被る（爆笑）。わたし、実際に実験をしてみました。どうだったか？苦しくなった（笑）。……なんか、ダメなジョブズみたい（爆笑）。

これを解決するのが、このツインファンですね。このツインファンを首のうしろに装着することによって、ポリ袋にね、四角い口を切るわけですよ。これ、のりしろいっぱいありますから、ガムテープで留める（笑）。そうすると、これがウイーーンと回り出すわけなんですよ。

片方は吸気、片方は排気ですからね。で、このファンの外側に、不織布のマスクを着けてください。あなたの口元ではないです。外から入ってくる空気、不織布のマスクがコロナウイルスをブロックしてキレイな空気をポリ袋の中に入れてくれる。万が一、自分が感染しているときですよ、自分が吐き出してしまったウイルスが入っているこの空気、どう出るか？　そうなんです。排気から出るわけです。排気の先にあるのは、何か？　そう、不織布のマスク……（笑）。ここを通って、キレイな空気が外へ出る。誰にも、うつさない。誰にも、うつらない。……それがこのマスク！　マスクじゃない、ファンです（爆笑・拍手）。これを今、鋭意開発中です。量産体制に入れるように、なるべく工程が少なく済むように、実験中なんですね。これでも、かなり手数を減らしているんですけれども、こんな感じで、今、作っております。これ未だ試作機です。

なんかさぁ、オレさぁ、発明家になったほうがいいよね（笑）。今、落語家で本気でマスクを考えているのは、オレだけでしょう（笑）？　マスクなのよ、今後。だって、エンターテインメントなんか特にそうですよ。お客さん同士が喋らないんだから、寄席は別だよ、喋ってもいいんだけどさぁ。田舎の人が、よく隣の人と喋っちゃうけども、独演会（こういうところ）ってさ、隣の人と話すわけじゃないですよ。じゃあ、50％にしましょう。席を空けましょうって言いますけれども、飲食店で飲み食いして、お酒飲んで騒ぐこととは、明らかに環境が違うわけじゃないですか。ここのほうが、リスクは低いわけなんですよね。にもかかわらず、やっぱり全部そういう確率のルールにしなくちゃいけないっていうのは、我々がまだそのコロナウイルスとはどういうものかと、ちゃんと認識出来てないから。1人でご飯食べるなら、何の問題もないわけじゃないですか。皆でご飯を食べて、夜だったらお酒を飲んじゃうという人が交じっちゃうから、夜の食事は控えましょうって言っているだけで、1人で食べる分には、別にうつさない。万が一飛沫がテーブルに飛んじゃって、次にそのテーブルで食べる人がうつるんじゃないかとか、いろいろ言うことはあるかも知れないけれども、何がリスクがあって、何がリスクが無いのかって、切り分けて考えた場合ですよ。

飲食とかね、コミュニケーションを取らない場だとしたら、このポリ袋マスクさえしていたら、今まで通りの暮らしが出来るわけです。外を歩くにしたってそうですよ。マスクなんかしなくっていいんです。わたしの考えたポリ袋マスクをすれば（笑）、笑顔で会話なんかも出来ちゃう。

なぜなら、ポリはコロナウイルスを通さないけれども、音は通す、視覚もクリアでしょう。相手が怒っているのか、笑っているのかとか、目だけでは判断出来ないわけなんですよ。相手の細やかな表情というのも、このポリ袋マスクを使えばいい。

……お〜い（爆笑）、なんだよ（笑）？　ドンドン落ち着くなよ。熱狂の渦に巻き込まれる感じでしょう。……どうなっているんだよ？　もうこの時点で、商売は失敗じゃないですか（爆笑・拍手）。

対馬に寄席を作る

2021年7月9日　お江戸日本橋亭『こしらの集い』より

【まくらの前説】

対馬……九州の北の玄界灘に位置する長崎県に属する島。行政は長崎県に属しているが、日常生活では航空機やフェリーの直行便数が多い福岡県との結びつきが深い。2023年2月現在の推定人口は、約2万8千人。地理的に朝鮮半島に近いため、古くからユーラシア大陸と日本列島の文物が往来した。現在は韓国からの観光客が増加しており、海釣りの名所として知られる。観光客は、年間およそ68万人。平成29年に制定された有人国境離島法により、運賃の低廉化など移住定住者に対馬市が応援サポートしている。

寄席のクラウドファンディング……2021年5月、落語協会と落語芸術協会がコロナ禍で存亡の危機にある都内の寄席5軒を支援するためにクラウドファンディングによる寄付を募り、同年6月末に1億円以上の支援が集まった。

もう、トピックスだらけですよ。皆さんは、あれでしょう、ワクチン打つんだとか、打たないとかさぁ、オリンピックがどうしたとか、そんなことに惑わされているわけじゃん。違う、オレは（笑）。今、戦争しているんですよ。皆さんは、ウイルスとの戦いかも知れないですが、ボクはウイルスとの戦いの段階は、終わりました。

次は経済戦争が始まっているんですよ。どこって、中国と韓国と日本との戦いですよ、これに勝たなくちゃいけないんです、我々は。いいですか、そのために、今、わたしは対馬に移転しようとしています(笑)。対馬が最終防衛ラインになりますからね。大陸から来る攻撃に対して、ここに立川こしらは自分の会社を移転させようと思ってます。これは一大プロジェクトですからね。上手く通ったら1千万、はい、来ました。1千万円。皆さんは、宝くじで1億(笑)。……夢ですよ、そんな宝くじの1億なんて、これは違うもん。会社を移転させるだけで、1千万円入ってくるんですよ。

あなた方は何をしているんですか(笑)? 会社を移転させるだけで、1千万ですよ。何でもっと早くやらないの? オレも何でもっと早く気が付かなかったんだろう。凄い後悔していますけれども、今、1千万にチャレンジしていますよ。でも、一応事業計画を出さなくちゃいけないわけね。ただで1千万円をくれるわけじゃないから……、現地の人を雇わなくちゃいけないとかルールがあるわけですよ。で、今、緊急募集中です。現地の人になるつもりがある人、挙手してください(爆笑)。雇いますよ、ウチで。もう、都会の暮らしも飽きたでしょう? ねぇ? もうほら、いいじゃん。どこに住んでいても、そんなに変わらないんだから、……それを今まで何回もここで説明していますよね。どこに住んでようと、得られる情報は一緒ですよ。

無いのは、体験、そのライブのとこだけで、それ以外はどこに住んでいたって一緒なんですよ。散々洗脳したじゃないですか(爆笑)、行くでしょう? この数で行くでしょう? 対馬に。したら、もう一発でオレは観光大使だ。そうしたら、もう対馬で4社ぐらい立ち上げて、4千万……(笑)。これで、4千万ですよ。凄いなぁ、それで、皆に、みんなちょっとずつ分けていけばさ、イケるんじゃないの。2年ぐらいはなんとか、いい感じで暮らしが出来るんじゃないの？　その代わり対馬からは出られないけどね。

自分はちょっと劣っているなと思った場合は、調べてください。調べるといっぱいあるから、その調べた結果で見つけたのが、……そう、対馬（笑）。

今、熱いよ。今、領海線沿いの離島が、熱い。凄いんですよ、手厚いの、補助が。住民票を移して、そこに移住するだけで、月に10万単位でくれます――みたいな。そんなのさぁ、空き家とかあるんだから、勝手に住んじゃってさぁ（笑）、住民票を置かしてもらうところを探さなくちゃいけないけれど、ウチの会社がそこに移転したら、ウチの会社に住民いくら置いてもいいわけ。ウチの会社の住所だからね。で、オレ、そこにあったら、このお金を受け取れるわけですよ。しかもですよ、それがあると、対馬までの旅費は、国が補助してくれて、凄く安くなる。ビックリしない？　そんなルールがあるって、知らないでしょう、皆さん。これは内緒にしているわけじゃないんですよ。役所のホームページとかで、普通に表示しているのよ。だから、賢い人は、福島に家を持っちゃって、旅費とか全部そこで切っちゃうわけ。そうすると、全部が安くなるのよ。

知らなかった……、随分前から、「3年とか4年ぐらい前からやっています」って。だから、日本の領海線沿い、あの日本海よ、あっち側の領海線上の離島っていうのは、全ての離島で同じような条件で出しているんですよ。

東京に住んでる意味ないでしょう（笑）。そこに住民票があるだけで、恩恵を受けられるんだから。ビックリしませんか？　何のためにそれやっているかっていうと、実効支配なんですよ。竹島で問題があったじゃないですか。韓国人がね、実際いっぱい住んじゃっていて、国境沿いだから、これは日本の島なんだけれども、実際に支配しているのは、日本の国民じゃないから、これ日本の島じゃないよね……、みたいなことを、やられてしまうの。だとしたら、日本人が住んでれば、何とかなるんだっていうので、無理やりにでも、住まわせようとしているのでしょうね、そこに。……来た！　オレが遂に日本を救うときが来たんです（笑）。

日本からしたら、オレなんかお荷物ですよ。何をするわけでもないしね。だって、海外で間違った落語文化を広めているから（爆笑）、日本からしたら負債なわけよ。でも、どっかでやっぱり日本国に感謝の気持ちを捧げなきゃいけないいなぁって、思っていましたからね。

未だ自分の住民票は差し出してない。会社を移転する。ここで最高の条件を引き出したあと、もしこれ以上あるんだったら、住民票も差し出しますよ。カードを切っていく（笑）。住民票は、最後だと思っているから、オレは。……本当に貢献する気がある人じゃないね（笑）。悪い人の発想ですけれども。

それで、こっちもプレゼンしなきゃいけないわけです。

あなたの会社がウチの島に来ると、何の良いことがあるんですかって……。ネット関連の会社だと、条件が急に厳しくなるんですよ。現地の従業員、10人以上を雇ってください。なぜならリモートで出来ちゃうからね。実態がないようなサーバーだけ立てておく会社があって、あとはもう外から全部出来ますみたいになっちゃうと、そこにいる意味がなくなっちゃう。「現地の従業員を、10人以上雇ってくれ」みたいなものがあるんだけど、ネットの会社だと、そうなんですよ。

でも、ウチはネットの会社じゃありませんという……、部分もある（笑）。ネットワークの部分もあるけれども、イベント会社ですよっていう顔も出来るわけです。何故なら、会社の規約ところは、もうやたら書いてある（爆笑）。何があってもいいように、凄い書いてあるからね。

イベント会社です。しかも代表社員が落語家ですからね。まさかネットに長けている人が、田舎に行くとは思わないじゃん（笑）。「未だ、ガラケーなんです」って言っても納得するわけでしょう（笑）。「iモードが、繋がらなくなりましたよねぇ」って話で丸く収まるの（爆笑）、役所は。田舎の役所はそんな感じです。で、そこに行って、ボクが何をするかっていうと、

「そこで、寄席を作りませんか？ ウチが運営します」

寄席ですよ。で、寄席を作るとどういうことがあるかって言うと、そうなんです。「クラウドファンディングで、1億円近く集めましたよ」って、資料を出せるわけです（笑）。オレは、やってないけどね（爆笑）。クラウドファンディングで寄席っていうのに、実際にこれだけのお金が動いたんですよ。知らないよね、田舎の人は、寄席がどういうところか、分からないけれども。「あっ、こういうものが作れるんだ」って思う。何かどういうところか分からないけれども、こういうものが作れるんだって思って、日本人から1億円ほどの資金が集まるようなものが、「この島に出来るんだ」って、ほら、あなた方、役所の人だと思ってください。このボクのプレゼン能力で、「成程」ってなりません？ オレだと思っているから、聞いてねぇんだろ（爆笑）！ 知らないの、役所の人は。オレのベースは、基本的にはその状態で行くわけですよね。芸人とか派遣してさぁ、落語会とかやっていれば、いいわけよ。

これからの寄席は、鈴本、浅草、……全然、思い出せない（爆笑）。鈴本、浅草、池袋、新宿、……対馬（爆笑）、寄席って言ったら。３６５日24時間開けとけばいいんだもん。演ってるか、どうかは別としてよ。芸人が居たら、観れますーみたいな……（笑）、芸人が居たら入場料払ってください。芸人が居ないときは、皆さん、談話室として使ってください（笑）。そんなんでも、いいかなと思うんですけど……。「馬鹿にするのも、ほどほどにしろ」って感じですよね（爆笑）。大丈夫、これネットで流さないから……。

凄いよ、遂に立川こしらが寄席を作る計画ですよ。ギャラなんだよね、交通費がかかるから……。福岡まで来ちゃえばなんとかなるから、東京から福岡に移動する荷物を運ぶトラック（笑）、あそこと業務提携して、芸人を同乗させて、眠気覚ましに小噺を1時間に2回演りますみたいな（爆笑）、それで乗らせてもらって、トラック会社のね、安全な運行を……（笑）。しかもそのトラックの助手席に座ってるわけですから、そこでネット配信をしながらみたいな、ほら、いろいろ出来るよ。そこで、お金もマネタイズ出来るし、いや、凄いなぁ、芸人の移動すらお金に換えてしまう……。

（客席を指さして）「お前、何を言ってんだ?」って目で見ているんだろう（爆笑）？　これが5年後か、本当になっている可能性があるんだからね。オレは予言者なんだから（笑）、皆さんの目の前に居るのは、立川こしらじゃないの。……神なの（爆笑・拍手）。全然、気が付いてないみたいだけど、神様なんだからね（爆笑）。

談志師匠が生きていたら……

2021年7月9日　お江戸日本橋亭『こしらの集い』より

【まくらの前説】

ひろゆき……西村博之。匿名掲示板「2ちゃんねる」開設者。ユーチューブでユーザーからの悩み相談に答えるなど、近年はインフルエンサーとして広く人気を集めている。愛称・通称は「ひろゆき」、または「論破王」。

らく朝……立川らく朝。現役の内科医師を続けながら、1998年立川志らくの客分の弟子となる。2015年、真打昇進。2021年、没。

談之助師匠……立川談之助。1974年、七代目立川談志に入門。1992年、真打昇進。

寸志……立川寸志。2011年、44歳で立川談四楼に入門。2015年、二つ目に昇進。2017年、渋谷らくご賞・たのしみな二つ目賞を受賞。2021年、ご当地落語「小野川温泉」で新作『鰯地蔵』が、鈴の宿賞受賞。

オウム返し……「他人から教わったことを再現しようとして失敗する」という古典落語のスタイル。演じ分けや声量などといった落語の基本を学ぶための前座噺によく使われる。

上祐さんとトークライブしたことは、ここで話してないですよね？　そう言えば。大阪で……、そうだ、そうだ、その話をしなくちゃいけないんですよ。今日も、落語を演る時間は無いかも知れない（爆笑）。

大阪でね、上祐さんとトークライブをやったんですよ。東京では、もう2回、3回やったのかなぁ？

そこは、ロフトっていう会場がやってる『ロフトプラスワン』ね、トークライブやっている会場なんですけれども、「このコロナ禍で全然お客さんも来ないし、ネット配信の第2弾です」なんて、オレも言われていて、協力出来ることがあったらしますよって言ったら、「上祐さんと、コロナになる前にやったリアルな奴を、ネットでどうですか?」みたいになったから、「困っているならやりましょう」と。別に上祐さんのためじゃなくてね、『ロフトプラスワン』のためにやってやろうと思ったわけですよ。別に大したギャラが来ないのも、分かっているから。劇場がね、残ったほうがオレは未来がイイなと思ったら、「いいですよ」って、やるわけですよ。

上祐さんも、暫くして、「やりませんか?」って言って来たから、「待ってください」と。いや、あくまでも『ロフトプラスワン』がやりたいってときに、ボクはやっている。で、上祐さんから、「やりませんか?」、「はい、やります」ってのは、おかしいので、「ロフトさんのスケジュールのタイミングで、ボクはやりますから」って言ったら、「分かりました」って引き下がったんです。そうしたら、上祐さんから連絡が来て、

「すみません。いろいろネットを見たんですけれど、こしら師匠は大阪とかに行ってますよね?」

「ああ、行っていますよ」

「大阪に行ったタイミングで、やりませんか?」

と言ってくるわけです。

「だから、ボクは、『ロフトプラスワン』……」

「いえ、違うんですよ。大阪の『ロフトプラスワン』です」

ああ、そうか、大阪にもあるんだ。大阪の『ロフトプラスワン』が……。「ボクはやりますよ」って言ったら、「分かりました」って……。

ボクが大阪に行ってるタイミングって、そんな長い期間は行っていないと説明したら、

「合わせます」

必死なのよ(笑)、上祐。必死でさぁ、

「まぁ、いいですよ」

で、決まったわけですよ。で、行ったら、オレは開演時間を間違えて(笑)、ギリギリ、ビックリしましたね。誰も教えてくれなかった、最後まで。会場に着いたら、始まる3分前(笑)、開演の3分前ですよ。で、ロフトの人も、

「ど、どうしたんです？　10分くらい押しましょうか？　今日は来ないと、……思ったんやぁ」(爆笑)

ちょっと、大阪感を出そうと思って、

「大丈夫やでぇ～」(爆笑)

「押しましょうか？」

「いや、いいです。オンタイムで始めてください」

「えっ、あと3分です」

「大丈夫です。大丈夫です。2分で着替えられますから」(爆笑)

「ええーっ！」

皆、驚くんだけれども、オレは本気でやったら1分10秒ぐらいで着替えちゃうのよ。あとは高座に上がるまでの途中で、整えるから、速いの、オレ。上祐さんはさぁ、もう席に着いていたから、時間になった瞬間にオレは席に居て、

「え〜、それではねぇ、これより2人のトークライブをスタートしまぁ〜す」（笑）

みたいな感じで、普通に始めるわけですよ。そうすると、スタッフの人が、

「えっー！　何これ、パッケージ⁉」（爆笑）

「パッケージでは、ないんだけれどもなぁ」って思いながら、そこはね、冒頭のトラブルはありましたけれども、いろいろ上手くいっていたわけですよ。

大阪ですから、お客さんが全然居なかった。3人ぐらいしか居ないんですね。この3人が、明らかに「上祐のボロが出たら、絶対突っ込んでやろう」みたいなオジサンが3人しか居なかった。「これは面倒な客席だな」と、「先ずは、こっち側に引き入れないといけないな」と思ったから、説明したわけです。

何で上祐さんとトークライブをするのか？　ボクからすると、上祐さんがね、オウム時代にやったことは完全否定です。未曽有の事態を巻き起こした、その組織に居たんですから、この人はダメな人なんです。

でもこのダメな人が、一旦ダメになって、刑期も終えて出てるわけなんですね。日本国のルールでは、「これだけ罪を償ってください。それが終わったら賠償金とかありますけれども、この日本の土地の中で

暮らしていいですよ、普通に暮らしていいですよ」っていう風に、もう償ってはいるわけです。暮らしていいという権利に関してはね。

だから暮らすわけですよ、上祐さんは日本国内で。でも、あの人を雇う人が居ますか？　雇う？　『BURN！』は、ひょっとしたら雇うかも知れないけれど（爆笑）。

結局、働けるところがないんです、上祐さんは。生きていかなくちゃいけないけど、どっかで稼がなくちゃいけないんですよ。働けるところがないってなると、人間がやることは日本国内で二つです。一つは生活保護を受ける。もう一つは犯罪なんですよ。

だからこういう罪を犯している人、例えばオレオレ詐欺の受け子とかやってる人、あれはバカな若者がやっていると、皆は思っているでしょう。意外と、そうじゃないんですよ。1回しくじってしまって、どこも使ってくれないような40過ぎ、50過ぎの人が、しょうがなく手を染めてしまっているっていうね。しかも、ほら、若い20代がチャラチャラして、「あのぉ～、アンタの息子さんがぁ、事故ぉ起こしちゃったんでぇ～、代わりに金、取りに来やしたぁ～」（笑）

って、絶対に怪しいじゃん。でも、50代、60代の人が、きちっとスーツ着てさ、「上司です」って言ったら、「ああ、ああ」ってなるかも知れないじゃん。合致するのよ。オレオレ詐欺にはね、受け子として、ぴったりなわけなんですよね。

だから、そういうことがあったりする中で、上祐さんがどっちかになっても、これ社会のお荷物なわけですよ。生活保護を受けてもね、犯罪に手を染めても。だとしたら、自分の力で生きていけるようにするしかないんだけれども。他に出来ることがないのよ、上祐さんって。だから、ああやってヨガ教室をやったりとか、あとはユーチューブで悩み相談に答えている。凄いよ、ひろゆきのもっと前に、あれやってたんだから（爆笑）。儲かってはいない。ひろゆきほどは儲かってないし、知名度は無いけれども、もうひろゆきの先を行っていたのは、上祐さんだからね。

　皆からの質問に答えるユーチューブをやっていたりで、それで細々と生きているわけですよ。だとしたら、ボクとね、トークライブをやることによってね、この人が多少なりともお金を受け取れてさぁ。しかも、この金は健全なお金じゃないですか。悪いお金じゃ……、まぁ、オレの客が悪いことをしている可能性はあるけれどもね（爆笑）。だから、そういうお金が上祐さんに回って、上祐さんがそれで罪を犯さずに生きて行ってねぇ、この人生を全う出来るんだったら、ボクはそっちのほうが日本国のためだと思うんです。ひいては、我々の税金が無駄に使われないためには、こういうことをさせるべきなんじゃないかと思ってね。別にオウムがやったことが、いいとか悪いとか、そういう話をしているわけじゃなくて、ボクは、しくじってしまった人を更生させるために、……更生とまでいかないですよね。生きていくギリギリの線を、ボクとなんかやることによって保たれるんだったら、それでいいんじゃないのって意味でやっている。オウム問題に、ボクは深く切り込むつもりはありません。このオジサンを使って、面白いことが今日出来ればいいなと思ってやっていますって、説明したんですね。東京のトークライブのときに、その断片だけを毎回ちょいちょい話してたんですよ。その大阪のときは、「全部、こういうつもりでやってんです」って言ったんですよ。

……上祐さんの目が変わったんです。……それまで、ちょっと距離があったのに、グッと目力が増したんです（爆笑）。ちょっと待ってくれ。オレはね、どちらかというとプライドが高い人だと思ってたから、人から施しを受けるとか、そういう風に受け取られかねない言い方じゃない、オレが言っていることって。だから、引いちゃうかなと思ったら、そんなことはないんですよね。「もっと、話を聞かしてくれ」みたいになるわけよ（笑）。「じゃぁ、分かりました」と、「上祐さんね、今、やっていることが、そもそもダメなんですよ」と。上祐さんは、いいことをやろうとしてるんですね。

何で上祐さんが、死刑になってないかっていうのを、皆は知らないんですよ。何故かというと、主要なところに居なかったんです。話を聞いたら、ビックリしました。あのオウムが立ち上がったときから、中に居たんだけど、苛められっ子だったんだって……（笑）。で、「こんな使えない奴は、居ない」ってアメリカに1人で飛ばされちゃったって。アメリカで、「お前、信者を獲得しろ」って、完全なるパワハラよ。麻原彰晃にパワハラって言葉は、ムダだけれども（笑）。だから、上祐さんは1人でさ、アメリカで悩みながら一所懸命やっていたんだって。一所懸命やったけど、うだつが上がらなくて、東京のほうでは、楽しくやっててさぁ、「アイツは、本当にダメだよ」って（笑）、遠いのに未だ苛められているみたいなね、遠隔苛めってのがあったらしいの。

で、暫くしてから、「もう、いい」と、アメリカなんかもう無理だからね、今度はアメリカじゃなくて、ソ連とか中国とかに、ちょっと手を広げるから、「戻って来い」って戻って来たときに、気が付いたら結構な年季だったらしい。

東京ではね、いろんな人が入ってきて、修行が足りないからダメだって、辞めていったりで、そのときの上祐さんは、幹部に近い初期メンバーがだいぶ絞られた時期だった。でも、上祐さんはアメリカに居たから、東京のことよく知らないまま、東京に暫くして戻ってきたら、急に四天王みたいな位置になっちゃったらしいの（爆笑）。「ええーっ？」と思うわけ。で、そこで、「もう使えない」って評価されたんだけど、一度、戻して来ちゃったわけだから、上のメンバーからしたらよ。

上のメンバーが辞めさせようと思ったけれど、辞めさせられない。何故ならば、この年数までこの団体に所属してた奴を辞めさせてしまったら、今、下で頑張っている、一所懸命に上を目指そうって奴が、ひょっとしたら、「オレたちも、あそこの位置まで行ったら、急に辞めさせられちゃうんじゃないか」っていう不安を持ってしまうから、こいつを辞めさせるのは得策じゃないだろうって、幹部会で決まって、辞めさせなかったらしいのよ。もう、この時点で、上祐さんっていうのは、全然主要メンバーの蚊帳の外なわけ。蚊帳の外だけど、「あいつ、残しておいたほうが、いいんじゃないの」みたいになって、そのときマスコミとかに出てたのが麻原彰晃だったんだけど、あんまり喋るのが上手くなくてボロが出ちゃうと。……そんな中、いろいろ話を聞いてたら上祐さんは、大学時代にディベートサークルに入っていたんですよ。

あの世代が入ってたディベートサークルですよ。落研より下でしょう、そんなの（笑）。「何で、そんなマイナーなものに……」と思って、訊いたんですよ。

「上祐さん、大学時代に合コンとかやったんですか?」

「そういう不純なことは……」(爆笑)

何だ、おまえ? その歳になって童貞かよ(笑)? みたいな……、そういうタイプなのよ。本当にこの人は、苛められっ子っていうのが、スッゴイ分かる人なんですよね。で、ディベートサークルで喋るのが上手かったの。

相手の話が来たときに、かわしたりするのが上手いから、「じゃ、こいつをマスコミ対応にさせて、矢面に立たせよう」っていうので、マスコミに出てる頻度が高かっただけで、大事な決定とか何もしてないらしいのよ。だから、現場にも行ってないし、どういうことが行われているかも、よく知らない。だからもう、アイボよ、あんなの(爆笑)。アイボだって古いなぁ、今ならペッパーじゃん(笑)。アイボみたいなものよ。ちょっと動いて、ワン、ワンって(笑)、その程度の扱いだったんですよ、上祐さんって。で、皆は、テレビで見ているから知っているけども、オウムの中では、「えっ、上祐って小物でしょう?」みたいな……、だから、警察とか国は知っているんですよ、上祐は何にも関わっていないと。なので、死刑になってないんですよ。彼本人は、不幸な人なのよ。でも気付いたらね、上のほうにいて、今さら辞めさせられないとかっていうのがさ、話を聞いていて、「あれ? オレと似てねぇ」みたいに思う(爆笑)。

前座、二つ目の頃って、落語会に一切寄り付かないでさぁ。ラジオばっかりやってたわけですよ。で、「真打トライアル、やりますよ」ってときに、急にオレも戻ってきてさ、そこで実力発揮しちゃったもん

だから、真打にさせないわけにはいかないみたいな、

「上祐よ、分かる、分かる。そうなんだよ」（爆笑・拍手）

そこで親近感が出てくるわけですよ。で、

「上祐さん、ダメなんですよ」

ってね。で、世間的に上祐さんは宗教で大罪を犯した人ってなってるから、今、何をやっているかというと、ヨガでしょう。ヨガと宗教って、凄く近いお隣同士みたいなもんなんだから、離れなきゃダメなんです。というのは、ちょっと離れたところで、第二の人生をスタートしましたとかね、そういうことになれば、また世間の見方も変わり……、しつこく言ってくる人は居るかも知れないけれども、そうじゃなくて更生しようとしてるんですっていう姿を、見せたほうがボクはいいと思うんですよ。

「何で、またヨガなんですか？」

って、訊いたのよ。

「頭だって良いのに……」

「60過ぎてるこの歳で、新しいことを始められますか？」

て、言うわけよ。

「おい、上祐」（笑）

と、

「お前の目に灯る炎は消えちまったのかよ（爆笑）。一からでも、出来るだろう。人生なんて、いつ終わ

るか分からない。それと同時に、いつ上がるかも分からないんだから、新しいこと始めりゃいいじゃんよ。……よし、落語やれ（爆笑・拍手）。オレが弟子にとる」

「……本当にぃ？」

とか言うからさぁ（爆笑）、

「オレの弟子になれ。オレが一から鍛え直してやるから……」

冗談でよ、そんなこと。それで盛り上がって、上祐さんがオレのコロナ対策とか、そういうことを一通り聞いてですよ。で、後半になったら、

「あの……、弟子入りってのは、どういうカタチになるんですか？」（爆笑）

「本気にしている、この人！」（爆笑・拍手）

って、思って、ちょっと待ってくれ。本気で弟子にするには、どうしよう？　考えてみたんですよ、上祐をとるには。元々何かのプロフェッショナルで落語家になるっていうのは、今、志らく一門で枠が一つ空いていますから（笑）、（立川）らく朝ってねぇ、医者から落語家に転身した人がいい歳になってから転身したから、枠が空いているから、ここの枠は1個あるなと。そこの枠を1個スライドさせちゃえば、分かんねぇなぁと（笑）。で。ある意味、ヨガも治療だからね。医者みたいになっているかなぁ（笑）。

で、問題なのは、ウチの師匠ですよね。無理だなと思うから、まぁ、とれないなぁとは思うんだけども、……だから、オレが考えたのが、談志師匠が生きていて、談志師匠に言ったら、どうなるのかなぁって。ねぇ？　……久しぶりに談志ってのが、頭に浮かんだんですよ（笑）。それくらいオレの中ではね

え、談志が無いのね、志らくはあってても。

『談志・志らく親子会』みたいのさぁ、今、生きていて演っていたとして、そこの楽屋に行くのは普通じゃないですか、志らくの弟子なんだから。ねぇ、談志師匠のお弟子さんには、凄く嫌われているけれども（爆笑）、志らくの弟子として行っていれば問題ないわけですよ。にもかかわらず、オレの弟子は、上からの覚えが凄く良いみたいな捻れ関係が起こったりするわけです（爆笑）。そんな中で、

「……ちょっと、談志師匠」

「（談志の口調のつもりで）ぅぅん、何だぁ？」

……オレ、世界で一番、談志師匠のマネが下手だからね（爆笑）。泰葉より下手だから（笑）。

「（談志の口調のつもりで）ぅぅん、何だぁ？」

「今度、元オウムの上祐さんを弟子にとろうと思っているんですけど……」

「うん、面白ぇ」（爆笑）

って、言いそうじゃん。談志師匠が生きていたら、弟子にとっていたと思うなぁ（笑）。

この上祐をとるか、とらないか問題……、アッハッハ、とらないけれど、対馬でとったらバレねぇかなぁ（爆笑）。そんなことを、ちょっと思っています。上祐、弟子入りの目がちょっと出て来た。とったら、ボクは楽屋仕事をさせようと思っています。

そうですよ、広小路とか入れますよ（爆笑）。やっぱ、談之助師匠からは、延々と質問攻めだろうね。他の前座からは、凄い距離をとられるんですよ、アッハッハ。失敗して寸志に怒られている上祐……（爆

笑)、見てぇなぁ、これ、見てぇなぁ〜。それが、立川流だと思ったりするんですけれどもねぇ。時代とともにね、流派も変わっていきますからね。

やっぱとれないなぁと思ったのが、前座修業が出来ないんですよ。前座修業ってね、下働きもありますけれども、この前座の期間に立川流ってのは、落語50席を覚えなくちゃいけないとありますから、人付き合いとか、身のこなしだけじゃないんですね。落語の部分も、基礎を前座のうちに身に付けましょうっていうカリキュラムですから、「50席、覚えろ」ってのは。

だから、落語の部分もやらなくちゃいけない。物覚えも良いしさぁ、マスコミにあれだけの対応が出来ているんだから、もう、度胸だってあるでしょう。そういう人が落語を演ったら、上手いのかも知れないですけれども、……ただね、前座として覚えなきゃいけない噺が絶対出てきますよ、『寿限無』とか、あと立川流だったら、かなり早めに、『子ほめ』とか、『道灌』とか、……『道灌』なんて一番初めに教わりますから。こういった噺、全部出来ないんですよ。……何故かって、ジャンル的に……、『オウム返し』なんですよ(……爆笑・拍手)。

もう、誹謗中傷を待っています!「嘘でしょう!ダジャレでぇ?」今、撃ち殺されても文句は言えない。スナイパーが居たら、頭を狙撃してほしい瞬間でしたけれども……。エッヘッヘッへ、自虐的な部分も必要かなと思いながらねぇ。

タイパという厄介な存在

2021年7月9日　お江戸日本橋亭　『こしらの集い』より

【まくらの前説】

一旦ここで、休憩とさせていただきます…… 立川こしらの独演会の口演スタイルは、開演から終演まで高座に上がり続け、落語会では通常〝仲入り〟という休憩時間も、観客がトイレに立つことと写真撮影を許すのみで、高座上で喋り続ける。

どうしても9時に終わらしてくれ…… 新型コロナ感染症対策の行動制限で、各劇場、イベント会場、スポーツ施設に、時短要請が出されたものと思われる。

お前が出しているこのCD…… エイベックストラックスから、2011年に発売したCD『高速落語 R−30 3分×30席〜これで古典落語がざっくりわかる〜』Vol.1〜3のこと。『芝浜』、『らくだ』、『鰍沢』といった大ネタも3分前後でまとめられ、CD3枚で約90席の落語がダイジェストで楽しめる。超高速でありながら、単なるあらすじ解説に終わらず、ちゃんと笑いどころもあり全く退屈しないと、評されている。

それでは一旦ここで、休憩とさせていただきます（爆笑）。申し訳ない、本当に喋り過ぎてしまいました。いいですか？　今日は休憩なしで、もう後半の部になります（笑）。

ここからは後半の部です。何故なら、「今日は、もうどうしても9時に終わらしてくれ」と言われましたので、9時前には終わらないといけない、9時前に終了。9時過ぎちゃった場合は、もう、途中で終わります（笑）。始まる前に、結末を先に言いますから（爆笑・拍手）、「あれ、間に合わないなぁ」と思ったら、もうそこからダイジェストで結末までね（笑）。

今、ほら、ファスト映画っていうねぇ（爆笑）。大騒ぎしているじゃない。あらすじだけを全部紹介しちゃう映画みたいな……。あれはあれで、別にありなんじゃないかなぁと、思っていたんですけれども、ただ、あそこでお金を儲けちゃった人と、あとはファスト映画を見て、「もう、映画はこれでいいよ」っていう層の声が、大き過ぎちゃったんだと思うんですよね。

あらすじだけ見て、「もう、映画いいや」っていう人は、多分、そんなにお金払って映画見に行かないんですよ。元々映画の顧客でもなかった人なんですよね。だから、そこの声にあまりにも過剰に反応し過ぎちゃった業界が、風潮の流れに逆らっちゃっているかなぁ……。逆に言うんだったら、ユーチューブとかは、権利関係って結構ちゃんとやろうとすると出来るので、このファスト映画と呼ばれるね、映画のあらすじを紹介してるところが、貰った収益を、「じゃぁ、7対3でウチにください。その代わり、ウチの映画を紹介していいですよ」みたいな感じで、インフルエンサー的に使うことだって出来るわけですよ。「そのサイトを、全部潰して回っています」っていうけれども、それをきっかけに、「あっ、こういうあらすじだったら見に行こうかな」っていう人が現れるかも知れない。

でも、あらすじ紹介動画を、そのときに目にしなかった人っていうのは、そもそも映画を見に行くっていう層ではないので、そこは最初から映画業界のお金にはなってないと、ボクは思うんですよね。だって今の状態で言うと、見ようと思えば、違法アップロードされた映画なんて、もう山のように世界中にありますから。無料（ただ）で見ようと思えば、見れちゃうわけなんですよ。ちょっと、ひと手間加えるだけでも、犯罪ですけどね（笑）。やるのは犯罪だけれども、そうやって見ようと思えば、見ることだって出来ちゃうわけなんですよ。だから、いろんなあらすじが流出するとか、そういうものが流出することを止めることは、もう出来ないんですよね。

一度、デジタルデータになってしまったら……。だから、その出てしまったモノを止めるのではなく、こっちが出し方をコントロールするっていうのが、今の世の中の流れだったりしますから。だから、そうなってくるとネタバレとかって、いろいろ難しいのかも知れないですけれども、もうちょっと上手くやれば、「あっ、映画業界も、なかなかヤルじゃん」みたいになったのになぁ、ちょっと惜しいなって気がするんですけれども、……まぁまぁ、そんなことを言っている場合じゃない（笑）。

たまにボクね、ファスト映画みたいなことを、落語で演ってたりしますのでね（笑）。落語の世界から、オレ、訴えられたら、どうしよう？　どっから、訴えられるのかなぁ、落語協会かな、落語芸術協会かな？

「お前が出しているこのCDは、ファスト落語だ」（爆笑）

まぁ、それだったら、エイベックスが訴えられるから、オレはいいのかな？　って、肩代わりしてくれるんじゃないかなぁって思ったりしますけれども。まぁ、そんな中から一席お付き合いいただければなぁと思います。

「立川こしら」というジャンルに属する唯一無二の存在

僕が立川こしらについて初めて書いたのは、２００９年11月5日発売の週刊モーニング誌上だった。当時、僕は「今週この落語家を聴け！」というコラムを連載していて、毎回お勧めの落語家を紹介していた。こしらが登場したのはその第24回で、当時まだ二つ目。この連載でこしら以外に二つ目を扱ったのは第18回の春風亭一之輔だけである。その時、僕はこしらについてこう書いた。「古典落語のテクニックという点では上手くない、というか、ヘタ。でも、メチャメチャ面白い！あまりに素敵なバカバカしさ！」

以来「ヘタだけど面白い」が立川流の二つ目こしらの代名詞となった。

僕がこしらの「規格外の面白さ」に気づいたのは２００８年のこと。２００９年には月例独演会『こしらの集い』に通うようになった。本書に収録されたマクラの大半はこの『こしらの集い』で語られたものだ。『こしらの集い』は単なる独演会ではなく、一時間以上マクラ（漫談）に費やされ、「こしらの落語」というより「こしらという演者」の面白さを味わう場となっている。

こしらの面白さにハマった僕は、当時「こんなに面白いのにまだ二つ目⁉」と注目されていた春風亭一之輔との二人会を企画した。飛ぶ鳥を落とす勢いの一之輔をこしらと組み合わせるのは無謀とも思えたが、２０１１年7月から「こしら・一之輔　ほぼ月刊ニッポンの話芸」として実現した。その第3回が行なわれた9月14日、こしらはアフタートークで一之輔に「一緒に真打になっちゃおうぜ！」と完全にシャレのノリで言ったが、翌15日に落語協会から一之輔の21人抜き抜擢昇進が発表され、さらに10月31日、志らく一門の「真打トライアル」の結果、こしらは真打昇進のお墨付きをもらった。まさかの「一緒に真打」が実現したのである。

一之輔との二人会を不定期の特別興行へと移行させた僕は、「こしら・一之輔」の後継企画として「立川こしら・鈴々舎馬るこ・三遊亭きつつき　新ニッポンの話芸」を２０１２年７月にスタートした。馬ることきつつきは当時二つ目だったが、きつつきは２０１３年に真打昇進して四代目三遊亭萬橘を襲名。馬るこも２０１７年に真打昇進を果たした。本書で一之輔、馬るこ、萬橘、そして広瀬和生といった名前が唐突に出てくるのは、こうした経緯によるものである。

こしらは話術の達人だ。『こしらの集い』で一時間以上マクラで爆笑させ続けるこしらは「フリートークの天才」以外の何者でもない。そして、その自在のトーク術は、落語においても存分に発揮されている。かつて僕は二つ目こしらを「ヘタだけど面白い」と評したが、実のところ彼はヘタではない。伝統的な技芸に無頓着なだけで、「こしら落語」の表現者としては「巧い」のである。

こしらは落語を「面白い話をするためのツール」としか見ていない。こしらの演目の大半は古典落語の体裁を取っているが、内容は大胆な改作、というより新作落語に近い場合も少なくない。「落語をよく知らない」というスタンスをあえて貫くことで、こしらは落語常識に囚われることなく、自由な発想で落語を弄ぶことができる。「面白い話をする芸人」という意味において、こしらには「落語家」よりも「噺家」が似合うのかもしれない。

だが、こしらは「落語家」とか「噺家」といった枠組みに収まる存在ではない。彼は「立川こしら」というジャンルに属する唯一無二の存在だ。それは近年のコロナ禍によって一層顕著になった感がある。最初の緊急事態宣言が発出された2020年、世間が絶望的なまでに沈滞していく中で、こしらは持ち前の柔軟な発想力と抜群の行動力によって、むしろ「忙しく」なった。あの時期に「忙しくなった」芸人はこしらくらいだろう。それが、「立川こしらという生き方」なのだ。演者の魅力が落語の本質だという〝真実〟を、こしらは僕たちに示し続けている。

広瀬和生

広瀬和生プロフィール

1960年、埼玉県生まれ。東京大学工学部卒。雑誌編集者・音楽評論家、落語評論家、プロデューサー。『この落語家を聴け！』（集英社）、『噺家のはなし』（小学館）、『「落語家」という生き方』（講談社）、『僕らの落語』（淡交社）、『談志は「これ」を聴け！』（光文社）、『小三治の落語』（講談社）、『21世紀落語史』（光文社）、『落語の目利き』（竹書房）など著書多数。

QRコードの使い方

■ 特典頁のQRコードを読み込むには、専用のアプリが必要です。機種によっては最初からインストールされているものもありますから、確認してみてください。

■ お手持ちのスマホにQRコード読み取りアプリがなければ、iPhone は「App Store」から、Android は「Google play」からインストールしてください。「QRコード」や「バーコード」などで検索すると多くの無料アプリが見つかります。アプリによってはQRコードの読み取りが上手くいかない場合がありますので、いくつか選んでインストールしてください。

■ アプリを起動すると、カメラの撮影モードになる機種が多いと思いますが、それ以外のアプリの場合、QRコードの読み込みといった名前のメニューがあると思いますので、そちらをタップしてください。

■ 次に、画面内に大きな四角の枠が表示されます。その枠内に収まるようにQRコードを映してください。上手に読み込むコツは、枠内に大きめに納めること、被写体との距離を調節してピントを合わせることです。

■ 読み取れない場合は、QRコードが四角い枠からはみ出さないように、かつ大きめに、ピントを合わせて映してください。また、手ぶれも読み取りにくくなる原因ですので、なるべくスマホを動かさないようにしてください。

※ 携帯端末（携帯電話・スマートフォン・タブレット端末など）からの動画視聴には、パケット通信料が発生します。

本書の『立川こしら "まくら" で知る落語家の華麗なる IT ライフ』特典映像です。
QRコードよりお楽しみいただけます。

2017年3月11日 東京渋谷ユーロライブにて開催された『渋谷らくご』にて、披露された立川こしら師匠の「王子の狐」を収録。
まくらは、本書に収録のまくらの完全版をたっぷり語っています。

立川こしら
“まくら”で知る落語家の華麗なるITライフ

2023年5月4日　初版第一刷発行

著者　立川こしら
解説　広瀬和生
カバー・帯　推薦文　サンキュータツオ
構成・注釈　十郎ザエモン

カバーデザイン・組版　ニシヤマツヨシ
校閲校正　丸山真保
協力　合同会社 伝統組

編集人／加藤威史

発行人／後藤明信
発行所／株式会社竹書房
〒102-0075 東京都千代田区三番町 8-1 三番町東急ビル 6F
e-mail : info@takeshobo.co.jp
http://www.takeshobo.co.jp

印刷・製本／中央精版印刷株式会社